Au-Dela du Jeu

Au-Delà Du Jeu

Marc Schilder

Né en 1950, Marc Schilder commence sa carrière comme mosaïste, poursuit par la direction d'un Pub et restaurant. Président d'une section Basket Ball sur Fontainebleau. A terme d'une vie bien remplie, une terrible maladie « A.M.S » maladie dégénérative.la obligé de tout arrêter. après de longues années à se battre.

Étant actuellement dans une période de Répit,il en Profite pour écrire son premier Roman. .

Mentions légales

En application de l'art. L.137-2.-I. du code de la propriété intellectuelle, toute reproduction et/ou divulgation de parties de l'oeuvre dépassant le volume prévu par la loi est expressément interdite.

© Marc Schilder, 2024

Édition : BoD · Books on Demand GmbH, In de Tarpen 42, 22848 Norderstedt (Allemagne)
Impression : Libri Plureos GmbH, Friedensallee 273, 22763 Hambourg (Allemagne)
Impression à la demande

ISBN : 978-2-3225-2192-0
Dépôt légal : Octobre 2024

Table des Matière

Chapitre 1 : La rencontre

Chapitre 2 : Les familles

Chapitre 3 : Un pont entre deux mondes

Chapitre 4 : L'Évolution

Chapitre 5 : Les leçons apprises

Chapitre 6 : Nouveau départ l'aventure commence

Chapitre 7 : Caractérisation et révélation

Chapitre 8 : Un rêve Californien

Chapitre 9 : Le retour des champions

Chapitre 10 : Les mariages

Chapitre 11 : Épilogue

Marc Schilder

Au-Delà Du Jeu

ROMAN. SENTIMENTAL. D'UNE HISTOIRE. QUI POURRAIT ETRE LA VOTRE.

AMITIEES. SPORT. DRAME. AMOUR

1.0. LA RENCONTRE

AU–DELA DU JEU

Chapitre 1 : La Rencontre

Le gymnase était rempli du bruit sourd des ballons de basket rebondissant sur le sol, des chaussures crissant sur le parquet, et des éclats de rire des adolescents. C'était un lieu vibrant de vie et d'énergie, où les équipes de basket du lycée local s'entraînaient régulièrement. Ce jour-là, Une nouvelle venue allaient rencontrer pour la première fois, les joueurs et joueuses du club l'équipe première mixte (essai expérimental national) Une équipe marquant le début d'une histoire inoubliable.

Les familles

D'un côté, il y avait la famille Martin. Julie Martin élevait seule son fils, Lucas, depuis que son père les avait quittés lorsqu'il avait trois ans. Julie, infirmière de profession, était une mère attentionnée et très proche de Lucas. Elle lui accordait une grande liberté, estimant que la confiance et l'indépendance étaient essentielles à son développement. Lucas, âgé de 15 ans, était un adolescent ouvert et sociable, passionné de sport et toujours prêt à aider les autres.

De l'autre côté, il y avait la famille Dupont. Marie Dupont, avocate de carrière, était une mère célibataire stricte et rigoureuse dans l'éducation de sa fille, Clara. Depuis le décès de son mari, elle s'était efforcée de maintenir un cadre strict à la maison, croyant fermement que la discipline était la clé de la réussite. Clara, également âgée de 15 ans, était une jeune fille studieuse et réservée, très obéissante envers sa mère, mais souvent en quête de moments de liberté pour explorer ses propres passions, dont le basket.

Ce qu'aucun d'eux ne savait encore, c'était à quel point cette rencontre fortuite, allait devenir un tournant dans leur vie, les lançant dans un voyage de découverte, de défis et d'amitié qui les changerait à jamais.

La rencontre au gymnase.

C'était un après-midi ensoleillé lorsque les équipes de Lucas et Clara se rencontrèrent pour un entraînement conjoint. Lucas était déjà sur le terrain, dribblant avec aisance et souriant aux blagues de ses coéquipiers. Clara entra dans le gymnase, son sac de sport sur l'épaule, observant les lieux avec un mélange de nervosité et d'excitation. Un ballon arriva dans sa direction. Lâchant rapidement son sac, Clara saisie le ballon au rebond, dribla avec sureté, en faisant son entrée sur le terrain. Dans son point de mire un joueur qui dribblait avec aisance et dextérité. Elle se dirigea vers lui avec élégance et technicité, passant un joueur puis deux, avant de faire une passe rapide et précise à ce joueur. Stupéfait, Lucas saisit la balle d'un geste assuré, fit un bras roulé et hop le ballon tomba dans le cercle, panier et marqua 2 points.

Le coup de sifflet du coach retentit. Lucas se rapprocha de Clara et lui dit :

— Hey, tu es plutôt habile et précise ! C'est ta première fois ici ?

Avec un sourire amical mais réservé, Clara répondit :

— Oui, ma mère vient de me trouver ce club. Et vous ? Lucas rit légèrement.

— Dis-moi tu ! Clara se sentit légèrement rougir mais reprit de l'assurance.

— Et toi, ça fait longtemps que tu joues ici ? Lucas répondit :

— Depuis quelques années. Ma mère pense que c'est important de rester actif. Il jeta un coup d'œil vers Julie, qui était toujours absorbée par son téléphone, avant de reporter son attention sur Clara. Elle a probablement raison. Clara regardant Julie, qui l'encourage d'un sourire.

— ma mère aussi dit que le sport c'est plus qu'un jeu, c'est d'apprendre à être en équipe, à se faire confiance. » Le coach s'approcha et fit les présentations rapides:

— Clara, nouvelle recluse et très bonne joueuse, fait partie intégrante du club et toi Lucas ce n'est pas la peine de te présenter ! tu es un amuseur public, mais très bon joueur sur le terrain, tout le monde te connait. » Aussitôt les présentations terminées le coach annonce :

— Entraînement en équipes mixtes pour favoriser l'esprit d'équipe et la camaraderie. »

Le premier exercice fut un échauffement simple, mais il permit à Lucas et Clara de commencer à interagir. Lucas s'approcha d'elle avec un sourire amical et un clin d'œil, lui dit :

— comme tu es nouvelle Clara et vu tes dribles je te prends dans mon équipe, » La main de Lucas se tendit vers elle, Clara hocha la tête en serrant la main de Lucas:

— Je suis Clara. Enchantée de faire partie de ton équipe ». (Grosse rigolade)

— Ne t'inquiète pas, tu vas t'habituer rapidement. Ici, tout le monde est sympa. »

Au fil des exercices, Lucas fit de son mieux pour intégrer Clara dans les activités, la complimentant sur ses passes précises et sa technique impeccable. Clara, bien qu'un peu intimidée au début, commença à se détendre en voyant la sincérité de Lucas et sa volonté de l'aider. Elle appréciait son enthousiasme et son encouragement constant, une agréable différence par rapport à la pression stricte qu'elle ressentait souvent chez elle.

—Dit donc Clara, c'est vrai, tu veux qu'on soit dans la même équipe, pour le match ?

Clara lui répondit :

— Carrément ! ça serait génial.

Julie lève les yeux de son téléphone, captant un instant l'interaction entre Clara et Lucas, un sourire se dessinant brièvement sur ses lèvres avant qu'elle ne se replonge dans son travail.

Julie, de son côté, applaudit doucement, heureuse de voir Lucas se faire une amie

Marie (chuchotant à elle-même) : Voilà, Clara, trouve-toi des amis qui te poussent à être meilleur.

Julie murmurant, plus pour elle-même qu'autre chose, Lucas a besoin de ça…de quelqu'un qui peut le comprendre. L'entraineur, siffle à nouveau, attirant l'attention de tous les joueurs pour former les équipes. Lucas et Clara se placent côte à côte, prêts à montrer leur synergie sur le terrain. Bien, voyons ce que vous avez dans le ventre. Lucas et Clara, vous êtes ensemble. Montrez-nous ce que vous pouvez faire.

Le jeu reprend, plus intense cette fois, tandis que Clara et Lucas, à travers passes précises et encouragements mutuels, commencent à se démarquer comme une paire dynamique sur le terrain, symbolisant le début d'une amitié prometteuse. L'entrainement touche à sa fin, les joueurs se rassemblent autour de l'entraineur pour une dernière discussion.

Bien joué tout le monde ! on a vu de belles choses aujourd'hui. Continuez à travailler dur et à vous soutenir les uns les autres. Clara et Lucas, vous avez montré une belle cohésion. Continuez comme ça.

Clara et Lucas se dirigent vers les gradins ou leurs mères les attendent. Julie range son téléphone et se lève pour accueillir Lucas.

Leurs différences et similitudes

Les différences entre Lucas et Clara étaient évidentes. Lucas était extraverti, jovial et toujours en mouvement, tandis que Clara était plus introvertie, réfléchie et réservée. Pourtant, ils partageaient une passion commune pour le basket, et c'est cette passion qui les rapprocha.

Lucas apprit que Clara venait d'une famille où la discipline était la règle, ce qui expliquait son sérieux. Il respectait cela, tout en essayant de lui montrer qu'il y avait aussi de la place pour le plaisir et la spontanéité. Clara, de son côté, découvrit en Lucas une vision différente de la vie, plus libre et joyeuse, qui lui faisait envie malgré elle.

Julie et Marie, bien qu'élevant leurs enfants seules, avaient des approches très différentes. Julie encourageait Lucas à explorer, à faire ses propres choix et à apprendre de ses erreurs. Elle croyait en une éducation basée sur la confiance et l'autonomie.

Marie, en revanche, tenait fermement les rênes de l'éducation de Clara. Elle voulait que sa fille excelle dans tous les domaines, imposant des horaires stricts et des règles claires. Pour Marie, la rigueur et la discipline étaient essentielles pour préparer Clara à affronter les défis de la vie.

Alors que l'entraînement se terminait, Lucas et Clara avaient déjà formé une sorte de lien. Ils se découvrirent mutuellement, confrontant leurs différences et apprenant à apprécier leurs similitudes. Ce premier contact, bien qu'éphémère, allait marquer le début d'une amitié – et peut-être plus – qui allait bouleverser leurs vies de bien des manières. Leurs mères, Julie et Marie,

Allaient-elles aussi jouer un rôle crucial dans cette histoire, chacune apportant sa vision unique de l'éducation et de la vie.

Le chemin à venir serait parsemé de défis, de découvertes et de moments précieux, tissant peu à peu le fil d'une aventure humaine intense et touchante. En tout cas, nous deux jeunes étaient heureux de leur premier entrainement, qui espéraient qu'il pourrait durer plus longtemps.

Chapitre 2 : Les Familles

La Famille Dupont : Rigueur et Discipline

Marie Dupont était une femme au caractère bien trempé, forgée par des années d'études rigoureuses et une carrière exigeante d'avocate. Depuis la séparation avec son mari, elle avait assumé seule la responsabilité d'élever Clara, sa fille unique. Marie était convaincue que la discipline et le travail acharné étaient les clés du succès. Elle organisait la vie de Clara de manière méthodique, avec des horaires stricts pour les études, les loisirs et même le sommeil.

Chaque matin, le réveil de Clara sonnait à six heures précises. Après un petit-déjeuner équilibré, elle passait une heure à réviser ses cours avant de partir pour l'école. Les activités extrascolaires, comme le basket, n'étaient autorisées que si les devoirs étaient terminés et les résultats scolaires exemplaires. Marie vérifiait régulièrement les notes de Clara, attendait des comptes rendus détaillés de ses journées, et contrôlait minutieusement ses interactions sociales pour éviter toute distraction nuisible à ses études.

Malgré cette rigueur, Marie savait aussi se montrer aimante et protectrice. Elle réservait les week-ends pour des moments de détente en famille, où elles regardaient des films, cuisinaient ensemble ou allaient se promener. Ces moments étaient précieux pour Clara, qui voyait alors une facette plus douce et accessible de sa mère. Clara respectait profondément sa mère et comprenait ses intentions. Elle savait que Marie voulait le meilleur pour elle et appréciait l'effort qu'elle mettait à lui offrir une éducation de qualité. Cependant, cette rigueur constante pesait parfois lourd sur ses épaules.

Clara rêvait secrètement de plus de liberté et d'un peu plus de spontanéité dans sa vie. Les moments passés sur le terrain de basket étaient pour elle une bouffée d'oxygène, une occasion de s'évader de la rigidité de son quotidien.

La Famille Martin : Liberté et Confiance.

Julie Martin, infirmière dévouée, jonglait avec un emploi du temps chargé et les responsabilités d'élever seule son fils, Lucas. Consciente de ses absences fréquentes dues à ses longues heures de travail, Julie avait opté pour une approche d'éducation basée sur la confiance et la liberté. Elle croyait fermement que Lucas devait apprendre à se gérer seul, à prendre des décisions et à assumer ses choix.

Julie avait instauré une relation ouverte et communicative avec Lucas. Ils discutaient de tout, que ce soit de ses amis, de ses passions, ou de ses préoccupations. Julie s'efforçait de créer un environnement où Lucas se sentait libre d'exprimer ses pensées et ses émotions sans crainte de jugement. Elle lui accordait une grande liberté, lui permettant de sortir avec ses amis, de participer à diverses activités sportives et culturelles, et de gérer son propre emploi du temps.

Les rares moments où Julie était à la maison, elle les passait à partager des activités avec Lucas. Ils cuisinaient ensemble, jouaient à des jeux de société, ou regardaient des séries télévisées. Julie utilisait ces moments pour renforcer leur lien et s'assurer que, malgré ses absences, Lucas se sentait soutenu et aimé. Lucas appréciait cette liberté et la confiance que sa mère lui témoignait. Il savait que Julie faisait de son mieux pour lui offrir une vie équilibrée malgré ses contraintes professionnelles.

Cependant, cette liberté venait aussi avec des défis. Lucas devait souvent prendre des décisions importantes seul, gérer ses propres responsabilités, et parfois, il ressentait un manque de structure dans sa vie quotidienne. Décisions importantes seul, gérer ses propres responsabilités, et parfois, il ressentait un manque de structure dans sa vie quotidienne. Il y avait des moments où Lucas aurait aimé plus de guidance, une présence plus constante de sa mère pour le conseiller. Mais il comprenait les sacrifices qu'elle faisait pour lui et respectait profondément son dévouement. Cette liberté lui permettait aussi de grandir plus vite, de développer un sens aigu de l'autonomie et de la responsabilité.

Réactions des Adolescents

Clara et Lucas réagissaient différemment aux approches éducatives de leurs mères. Clara, bien qu'appréciant la structure et la stabilité offertes par Marie, aspirait à plus de liberté et à des moments où elle pourrait être simplement elle-même, sans la pression constante des attentes élevées. Lucas, de son côté, profitait de la liberté que lui offrait Julie, mais ressentait parfois le besoin d'une présence plus structurante pour le guider dans ses choix.

Leur rencontre et les interactions au sein de l'équipe de basket allaient devenir des catalyseurs de changement pour eux deux. Clara trouvait en Lucas une inspiration pour se permettre un peu plus de légèreté et de spontanéité, tandis que Lucas voyait en Clara un modèle de discipline et de rigueur qu'il pouvait intégrer dans sa propre vie.

Les familles Dupont et Martin, bien que très différentes, avaient chacune leur propre dynamique et leurs propres défis. Marie et Julie, en tant que mères célibataires, mettaient tout en œuvre pour offrir le meilleur à leurs enfants, suivant des voies différentes mais avec la même intention bienveillante.

Clara et Lucas, en naviguant entre ces deux mondes, allaient non seulement apprendre l'un de l'autre, mais aussi découvrir des aspects d'eux-mêmes qu'ils ignoraient encore. Leur amitié naissante serait le pont entre

2 univers, enrichissant leurs vies et les aidant à grandir avec une nouvelle perspective sur la liberté, la discipline, et l'amour familial..

Pas De Différence Dans Le Sport

Chapitre 3 : Un Pont Entre Deux Mondes

Le basket devint un terrain d'apprentissage et de découverte, où chacun trouvait des aspects nouveaux de lui-même et de l'autre.

Clara et Lucas avaient pris l'habitude de s'entraîner ensemble. Lucas, avec sa nature joviale, parvenait à détendre Clara, lui apprenant à apprécier le jeu pour le plaisir et non seulement pour la performance. De son côté, Clara inspirait Lucas à se concentrer davantage, à travailler sa technique avec plus de rigueur.

— Allez Clara, relâche un peu, c'est juste un jeu ! lui lançait Lucas en riant, après une passe manquée lors d'un exercice.

Clara lui répondit avec un sourire timide mais sincère.

— Tu as raison, Lucas. Parfois, j'oublie que c'est censé être amusant.

Au fil des entraînements, leur amitié s'approfondit. Ils commencèrent à se confier l'un à l'autre, partageant des aspects de leur vie familiale et de leurs aspirations. Lucas parla de sa relation avec sa mère, de la liberté qu'il avait mais aussi de la solitude qu'il ressentait parfois. Clara évoqua la rigueur de sa mère et son désir de prouver qu'elle pouvait réussir sans être constamment surveillée.

Les familles se rencontrent

Un samedi après-midi, Julie proposa d'organiser une rencontre entre les deux familles. Elle pensait que ce serait une bonne idée de connaître la mère de la nouvelle amie de Lucas, surtout après avoir entendu tant de choses positives sur Clara.

— Ça te dirait d'inviter Clara et sa mère à dîner ce week-end ? demanda Julie à Lucas.

Lucas sauta sur l'occasion.

— Super idée, maman ! Je vais en parler à Clara.

Marie, bien que surprise par cette invitation, accepta avec curiosité. Elle était intriguée par cette autre famille monoparentale et par la dynamique qui semblait régner chez eux. Le samedi soir, Julie accueillit Marie et Clara dans leur modeste appartement. L'ambiance était chaleureuse, avec une table joliment dressée et des plats préparés avec soin.

— Bienvenue chez nous, Marie et Clara.

Faites comme chez vous," dit Julie en souriant.

Les premières minutes furent un peu tendues, chacune des mères observant l'autre avec une curiosité prudente. Mais rapidement, les conversations s'animèrent autour de sujets communs, comme les défis de la monoparentalité et les anecdotes amusantes de leurs enfants.

Marie, en parlant de son travail et de sa méthode éducative, expliqua :

— Je crois fermement que la discipline et la rigueur sont essentielles. Clara le sait, et même si ce n'est pas toujours facile, je veux qu'elle soit prête à affronter le monde.

Julie répondit avec une perspective différente :

— C'est admirable, Marie. Pour ma part,

Je préfère donner à Lucas la liberté d'explorer et d'apprendre de ses propres expériences. C'est un équilibre délicat, mais je pense que la confiance mutuelle et essentielle.

Lucas et Clara, assis à côté, observaient leurs mères échanger avec un mélange de fierté et de compréhension. Ils se rendirent compte combien leurs vies étaient façonnées par les choix et les philosophies de leurs mères, mais aussi combien ils pouvaient apprendre l'un de l'autre pour trouver leur propre chemin.

Les entrainements de basket devinrent un terrain d'apprentissage et de découverte, où chacun trouvait des aspects nouveaux de lui-même et de l'autre Clara et Lucas avaient pris l'habitude de s'entraîner ensemble. Lucas, avec sa nature joviale, parvenait à détendre Clara, lui apprenant à apprécier le jeu pour le plaisir et non seulement pour la performance. De son côté, Clara inspirait Lucas à se concentrer davantage, à travailler sa technique avec plus de rigueur.

— Allez Clara, relâche un peu, c'est juste un jeu ! lui lançait Lucas en riant, après une passe manquée lors d'un exercice.

Clara lui répondit avec un sourire timide mais sincère.

— Tu as raison, Lucas. Parfois, j'oublie que c'est censé être une relation avec sa mère, de la liberté qu'il avait mais aussi de la solitude qu'il ressentait parfois. Clara évoqua la rigueur de sa mère et son désir de prouver qu'elle pouvait réussir sans être constamment surveillé.

L'entraineur nous a demandé de venir faire un entrainement de 2 heures en situation réelle car nous devons rencontrer une équipe de National qui est descendu en excellence région faute de ne pas avoir eu les capacités de se maintenir en 4.

Alors que l'entrainement débutait, l'entraineur prit la parole :

— Bonjour à tous ! j'espère que vous êtes Prêts,

car j'ai eu confirmation que notre

Match grandeur nature contre une équipe Excellence région aura lieu en fin de semaine le vendredi soir 20h30.c'est une excellente occasion de montrer la force de notre unité.

— Wow, c'est génial ! on a vraiment

Travaillé dur ces derniers temps. C'est le moment

de montrer la force de notre unité s'exclama un des joueur ''Pierre'' et de redire oui je pense que les moments passés ensemble en dehors du terrain nous ont vraiment soudé On est plus qu'une équipe maintenant on est une famille.

— Exactement confirma l'entraineur c'est cette

solidarité qui fera la différence sur leTerrain. N'oubliez pas, la communication et l'entraide sont clés. On gagne ensemble, on perd ensemble

— Je suis d'accord intervint Pierre, arrièrr De notre

équipe, les entrainements ont été Intenses, mais je sens qu'on est prêt.

— On va leur montrer ce qu'est le vrai travail

D'équipe et n'oublions pas de nous amuser

Aussi, rappela Lucas c'est une chance de jouer ce match ensemble, profitons-en au maximum.

— Mieux dit conclut l'entraineur. Rappelez

-vous peu importe le résultat, vous avez déjà

Réussis en devenant une véritable famille. Allons-y montrons-leur de quoi nous sommes faits !

Les jours qui suivirent furent intenses. L'entrainement se concentrait non seulement sur les compétence techniques et tactique mais aussi sur le travail d'équipe. L'entraineur mettait l'accent sur la communication, l'entraide et la confiance. Les joueurs, motivés par le désir de prouver la force de leur unité, redoublaient d'efforts.

Parallèlement, les nouveaux liens d'amitié entre les joueurs se renforçaient en dehors du terrain. Il se retrouvaient après les entrainements pour des sessions de visionnage de match, discutant stratégies et partage des repas. Ces moments ensemble leur permettaient de mieux se connaitre et de renforcer leur esprit d'équipe.

Le jour du match arriva plus vite que prévu. L'équipe se rassembla dans les vestiaires, un mélange d'excitation et de nervosité palpable dans l'air L'entraineur fit un dernier discours :

— Voilà le moment que nous attendions. Rappelez-vous, peu importe ce qui se passe sur le terrain, vous êtes déjà des vainqueurs. Jouez de tout votre cœur, soutenez-vous mutuellement, et faisons-le pour notre famille. Lucas lève la main.

— coach ou est Clara, pourquoi elle n'est pas là ? je ne comprends pas !

— L'entraineur de l'autre équipe nous a dit qu'il ne voulait pas de fille car trop fragile pour ce genre de match ! Lucas en colère se lève et dit

— Clara fait partie de l'équipe, pas de Clara, pas de match, allez leur dire coach » ; et toute l'équipe se leva et dit qu'ils étaient tous de cet avis.

Chapitre 4 : L'Évolution

Les semaines se transformèrent en mois, et l'amitié entre Clara et Lucas continua de se développer. Au fil du temps, ils commencèrent à comprendre et à apprécier les différences de leurs familles respectives, ce qui les aida à grandir et à évoluer de manière significative.

Comprendre et apprécier les différences Clara et Lucas passaient de plus en plus de temps ensemble, que ce soit au gymnase ou en dehors. Ils discutaient de leurs expériences familiales, échangeant des anecdotes et des réflexions sur leurs vies.

Un après-midi, après un entraînement de basket particulièrement intense, ils s'assirent sur les gradins pour se reposer. Clara, essuyant la sueur de son front, regarda Lucas avec un sourire pensif.

— Tu sais, Lucas, au début, je trouvais ta

liberté un peu déconcertante. J'étais habituée à

une vie tellement structurée avec ma mère. Mais maintenant, je comprends que cette liberté t'a appris à être responsable et autonome. C'est quelque chose que j'admire vraiment. Lucas hocha la tête, reconnaissant.

— Et moi, Clara, j'ai appris que la discipline et la

rigueur que ta mère t'a inculquée ne sont pas des

contraintes, mais des outils pour réussir. J'essaie de les intégrer dans ma propre vie, et ça m'aide beaucoup.

Ils réalisaient que, bien que leurs vies soient très différentes, elles étaient complémentaires. La liberté de Lucas et la rigueur de Clara créaient un équilibre harmonieux, chacun tirant le meilleur de l'autre pour évoluer.

L'évolution des parents

Julie et Marie, observant les changements positifs chez leurs enfants, commencèrent à questionner et à ajuster leurs propres approches éducatives. Les conversations entre Clara et Lucas entraînaient des répercussions profondes sur les familles, apportant des réflexions et des remises en question.

Un soir, Julie remarqua que Lucas passait plus de temps à planifier ses devoirs et ses entraînements. Il semblait plus concentré et organisé, sans perdre sa joie de vivre.

— Lucas, je suis vraiment impressionnée par Ta

nouvelle organisation, lui dit-elle un soir

en préparant le dîner. Ça te réussit bien, tu sembles plus équilibré. Lucas sourit en terminant de ranger ses affaires.

— Merci, maman. Clara m'a montré que la

discipline pouvait être bénéfique. J'essaie de trouver un équilibre entre ma liberté et une certaine structure. Julie, touchée par la maturité de son fils, commença à repenser à sa propre approche. Elle décida d'introduire un peu plus de structure dans leur vie, sans pour autant restreindre la liberté de Lucas. Elle mit en place des routines plus régulières, tout en gardant des moments de spontanéité pour nourrir leur relation.

De son côté, Marie observait Clara avec un mélange de fierté et de curiosité. Clara semblait plus détendue et épanouie, prenant du temps pour elle-même tout en maintenant d'excellents résultats scolaires.

— Clara, je remarque que tu sembles plus heureuse

et plus équilibrée ces derniers temps dit Marie un matin, alors qu'elles prenaient le petit-déjeuner ensemble. Tu as trouvé un bon rythme entre tes études et tes loisirs. Clara, surprise mais heureuse, répondit :

— Oui, maman. Lucas m'a montré que je

pouvais être sérieuse et réussir tout en me permettant de profiter de la vie. J'ai appris à relâcher un peu la pression, et ça m'aide beaucoup. Marie, réfléchissant à ces mots, réalisa qu'elle pouvait assouplir un peu sa rigueur sans compromettre les succès de Clara. Elle décida de donner à Clara plus de liberté dans la gestion de son temps, tout en restant disponible pour la guider lorsque nécessaire. Elle s'engagea aussi à passer plus de temps de qualité avec sa fille, pour renforcer leur relation.

Les ajustements apportés par Julie et Marie commencèrent à porter leurs fruits. Lucas et Clara se sentirent soutenus par leurs mères tout en ayant l'espace nécessaire pour grandir et évoluer. Les familles trouvèrent de nouveaux équilibres, où liberté et discipline coexistaient harmonieusement.

Un week-end, Julie et Marie décidèrent d'organiser une sortie commune. Elles emmenèrent Lucas et Clara en randonnée dans un parc national voisin, offrant une opportunité de renforcer les liens entre les deux familles. Pendant la randonnée, Julie et Marie discutèrent de leurs expériences et des changements qu'elles avaient observés chez leurs enfants. Elles réalisèrent que leurs approches, bien que différentes, avaient des valeurs communes : l'amour, le soutien et le désir de voir leurs enfants s'épanouir.

— Je crois que nous avons beaucoup appris les unes des autres, dit Julie en souriant à Marie. Nos enfants nous ont montré qu'il y a toujours un équilibre à trouver. Marie acquiesça.

— Oui, et je pense que cet équilibre est la clé.

Nos enfants sont plus forts et plus heureux grâce à cette diversité. Lucas et Clara, marchant devant, se retournèrent pour regarder leurs mères. Ils sourirent, reconnaissants pour la compréhension et l'amour qui les entouraient. Ils savaient que, malgré les défis à venir, ils avaient désormais un soutien inébranlable et des valeurs solides pour naviguer dans la vie.

Clara et Lucas, grâce à leur amitié et à l'évolution de leurs familles, avaient trouvé un équilibre précieux entre liberté et discipline. Les ajustements apportés par Julie et Marie avaient renforcé leurs relations et créé un environnement propice à l'épanouissement.

La saison se terminait en douceur, tant par la chaleur que par la cohésion et l'amitié incroyable de ce groupe. Leur capacité à rester soudés dans les moments difficiles, à soutenir chaque membre de l'équipe et à rester engagés envers leur communauté en fait une équipe très forte qui ira loin. C'est une certitude pour l'ancien coach, qui passe le flambeau à Julien. Ce dernier aura la tâche de poursuivre et d'améliorer la position du club de basket, ainsi que l'école de la vie, vaste programme.

Julien, le nouveau coach, réunit tous les joueurs et leur annonce qu'il sera officiellement le nouvel entraîneur du club, à la demande insistante de Monsieur Jean, fondateur du club de basket de notre village de Corlay. En haute Loire Cependant, Julien qui était accompagné par La Puce et Marc, précise qu'il travaillera en collaboration avec Monsieur Jean. Cette fin de journée, avec l'accord de tous les parents, sera marquée par la passation officielle et la remise des clés du club, tenu pendant 30 années d'une main de fer dans un gant de velours par Monsieur Jean.

Cette soirée a été entièrement préparée en cachette de Jean par tous les parents du village. Elle prendra la forme d'un barbecue dans le parc à côté du terrain d'entraînement. L'objectif est de renforcer les liens créés pendant la longue période passée ensemble, mais aussi de permettre aux joueurs et aux parents de se connaître en dehors du contexte sportif.

Alors que le ciel se parait de teintes orangées et violettes, les joueurs, revigorés par une douche rafraîchissante et du jus de fruits frais, arrivaient peu à peu au parc. L'entraîneur, accompagné de quelques bénévoles, avait déjà allumé les barbecues, et les odeurs alléchantes de grillades commençaient à flotter dans l'air, et le visuel des desserts, éveillant les appétits. A 19h30, un coup de sifflet annonce l'arrivée

A 19h30, un coup de sifflet annonce l'arrivée de Jean qui ne veut plus qu'on l'appelle Monsieur Dès son arrivée, Jean a été accueilli comme un héros. Toutes les lumières prévues par le conseil municipal s'allumèrent et Jean découvrit : Julien s'approche de Jean et lui dit :

— Cette soirée vous appartient en remerciement

pour tout ce que vous avez fait pour le club et pour le Village. Nous vous faisons président d'honneur du club sportif, qui portera désormais le nom de « Jean de Fournière. » Le Maire, accompagné de ses adjoints, a officiellement dévoilé une plaque recouverte d'un tissu rouge, qui a glissé jusqu'au sol. Le Maire, suivi d'un jeune homme portant un plateau en bois surmonté d'un petit coussin bordeaux, s'approcha de Jean. Il prend la médaille du village et déclare :

— Jean de la Fournière, mon ami, avec tout

leconseil municipal – 13 voix sur 14, parce que tu n'étais

pas là ! (Rires) nous faisons de vous le gardien de la clé du village. Il épingla la médaille sur le col de Jean et lui remit les clés symboliques du village.

Jean n'arrivait pas à y croire. Il ne pouvait pas dire un mot, en larmes, il a dit :

— Merci de tout mon cœur, mais je ne mérite pas

ça. Je l'accepte et je dis à tous les bénévoles qui m'ont toujours aidé et ont cru en ce que je faisais, merci encore. Après une accolade du Maire et de vifs applaudissements de toutes les personnes présentes, Jean leva la main et dit :

— Arrêtez, je commence à avoir faim. Je suppose, à cause de ces bonnes odeurs, qu'il faut passer à table.

Merci à tous les parents, accompagnateurs, entraîneurs et bénévoles qui se sont impliqués. Sans eux, il n'y aurait pas de club, et l'unité fait la force. Maintenant, Julien, visons l'excellence régionale qui est à notre portée.

Julien ému, a également pris la parole et a déclaré — Prenez cela comme une récompense de vos efforts d'aujourd'hui, mais aussi comme un rappel que le travail d'équipe ne s'arrête pas sur le terrain, a annoncé l'entraîneur en saluant chaque joueur avec un sourire chaleureux. Ce soir, nous sommes tous égaux, quel que soit notre rôle dans l'équipe. Partageons, échangeons et apprenons faire cohésions tous ensemble.

Les joueurs se répartirent naturellement en petits groupes. Certains s'occupaient du barbecue, maîtrisant l'art de la cuisson des viandes et des légumes, tandis que d'autres installaient des tables et des chaises. Quelques-uns prenaient en charge la sélection de la musique pour accompagner la soirée, créant une ambiance festive et détendue. La hiérarchie habituelle de l'équipe semblait s'effacer, laissant place à une convivialité sans précédent. Marc, en s'affairant aux grillades, lança en plaisantant :

— Qui aurait cru que je finirais par maîtriser

le grand barbecue avec autant de viandes aussi bien que le ballon ? Clara en riant, répliqua :

— Garde ta confiance pour le terrain, Marc! mais

je dois admettre, ça sent incroyablement bon. grâce au badigeon d'herbes de Provence, oignons et l'huile d'olives.

Au fur et à mesure que la soirée avançait, les conversations devenaient de plus en plus intimes et profondes. Les joueurs partageaient des histoires personnelles, des ambitions pour l'avenir, et même des difficultés rencontrées. Les nouveaux, initialement timides, se sentaient de plus en plus à l'aise, encouragés par l'accueil chaleureux des anciens. Les échanges étaient naturels, mélangeant anecdotes blagues et jouer au Mikado avec le bois des brochettes et aspirations. Lucas, l'un des meneurs, et bon vivant, partagea son envi de plaisanterie,

— J'étais vraiment nerveux en rejoignant l'équipe,

mais ce soir... je me sens vraiment à ma place. Emma,

superbe joueuse expérimentée, répondit avec un sourire réconfortant, c'est ça, l'esprit d'équipe. On est tous passés par là. Et tu verras, sur le terrain, on se Soutient tout autant. Les barrières tombaient, et un véritable esprit d'équipe se formait, non seulement basé sur le respect professionnel mais aussi sur une compréhension et une amitié naissante. L'entraîneur, observant la scène depuis le côté, ne put s'empêcher de sourire. Son plan fonctionnait mieux qu'il ne l'avait espéré. Il savait que les équipes les plus fortes étaient celles qui se soutenaient inconditionnellement, pas seulement sur le terrain mais dans tous les aspects de la vie. Alors que la nuit tombait, un sentiment de gratitude et d'appartenance enveloppait le groupe. Les étoiles commençaient à scintiller dans le ciel sombre, ajoutant une touche magique à la soirée. Avant de conclure la soirée, l'entraîneur rassembla tout le monde pour un dernier mot.

— Ce que nous avons partagé ce soir est le fondement sur lequel nous bâtirons notre succès.

Rappelez-vous toujours que, peu importe les défis à venir, nous les affronterons ensemble, comme une famille. Sous les étoiles scintillantes, l'équipe se fit une promesse silencieuse de porter cet esprit d'unité sur et hors du terrain. Ils étaient conscients que les liens tissés ce soir-là étaient le véritable secret de leur future réussite.

<u>Le lendemain matin</u>

Tous les joueurs se sont rendus au centre du village pour la fête du printemps et surtout pour les résultats du classement. Tous les résultats ont été annoncés sauf celle de notre équipe, voyant notre étonnement Mr le maire prit la feuille de papier tendu par le responsable et vérifiât mais relut « rien » ! marc en rigolant l'interpelle et dit :

— hé ! monsieur le maire, à votre âge ! vous ne savez pas qu'il pourrait avoir d'autres écritures à l'arrière cette page ! et là, gros éclats de rires, le maire rigole et dit, je laisse la parole à Jean de Fournières.

— Ah oui je préfère ! Je vous annonce qu'étant 1° du classement du championnat, nous passons en excellence région. Applaudissements.

<u>Pour clôturer cette journée :</u>

Julien annonce que le tournoi national débutera comme prévu le Week end prochain donc appel aux bénévoles et aux Hébergeurs possibles, pour les nuits du vendredi et samedi soir, inscription à la mairie mercredi et jeudi à partir de 16 heures. Les équipes seront pris en charge par le club et la ville « Merci au conseil municipal de Corlay »

Ce tournois en clôture de notre saison sportive qui a été pleine de rebondissement et ce n'est qu'un

début ! merci à tous Alors que l'été se déployait avec sa chaleur et ses promesses de nouveaux commencements, la ville semblait reprendre son souffle en attendant la nouvelle année sportive.

Au cœur de cette attente, l'amitié entre Lucas et Clara, deux jeunes meneurs de jeu, servaient de catalyseur à un rapprochement inattendu, celui de leurs mères, Julie et Marie. Julie, affectueusement surnommée "maman Juju" par tous les membres du club pour sa simplicité et l'amour qu'elle dégageait auprès des jeunes, et Marie, une femme au caractère bien trempé mais au cœur en or, tout autant aimée par l'équipe dirigeante des clubs de la région. Au milieu de l'effervescence du tournoi "Le

Rêve Californien", une nouvelle aventure personnelle commençait doucement pour Julie et Marie. Parmi les équipes invitées, certaines étaient accompagnées de leurs propres organisateurs, souvent des passionnés de basket qui, comme elles, avaient mis leur cœur et leur âme dans la création d'opportunités pour les jeunes athlètes.

C'est lors d'une soirée organisée pour les équipes et leurs accompagnateurs que Julie et Marie firent la connaissance de Marco et Julien, deux frères qui géraient une équipe de jeunes talents dans une ville d'un département voisin. Les discussions, d'abord centrées sur les défis logistiques et les anecdotes de voyages, se transformèrent rapidement en échanges profonds sur la philosophie du sport, l'importance de l'esprit d'équipe, et le rôle crucial du mentorat dans le développement des jeunes athlètes.

— Je n'avais jamais imaginé que l'organisation d'un tournoi pouvait être aussi complexe, avoua Julie en riant, une coupe de champagne à la main.

— Et pourtant, nous le faisons chaque année,

répondit Marco avec un sourire. Mais c'est toujours un plaisir de voir les jeunes s'épanouir sur le terrain. Julien hocha la tête en ajoutant,

— C'est vrai. Pour moi, le plus important est de voir comment ils grandissent, non seulement en tant

qu'athlètes, mais aussi en tant que personnes. Pour Julie, c'était la première fois depuis le décès de son mari qu'elle se sentait aussi connectée à quelqu'un partageant sa passion pour le sport et l'éducation par le jeu.

— Tu as tellement raison, Julien, dit-elle. Le sport

est un vecteur de changement incroyable. Il leur

apprend tant de valeurs essentielles. Marie, de son côté, fut impressionnée par l'approche innovante de Julien en matière de coaching.

— Julien, ton approche est vraiment unique. Mettre

l'accent sur l'intelligence émotionnelle des joueurs est quelque chose que nous devrions tous faire. Julien sourit modestement.

— Miséricorde, Marie. Je crois fermement que comprendre et gérer ses émotions est aussi important que de savoir dribbler ou tirer.

Alors que le tournoi progressait, les interactions entre les deux équipes devinrent plus fréquentes. Les joueurs eux-mêmes commencèrent à tisser des liens, partageant des conseils, des tactiques et même des rêves d'avenir.

— Lucas, tu devrais essayer cette technique de passe, suggéra Clara pendant un entraînement.

— Bonne idée, Clara. Et toi, essaie de rester plus basse sur tes appuis quand tu défends,

répondit Lucas avec enthousiasme.

Ce qui avait commencé comme une compétition sportive se transformait en une véritable communauté d'apprentissage et de partage. Les discussions entre Julie, Marie, Marco et Julien continuaient de se développer, touchant des sujets de plus en plus personnels et inspirants.

— Je dois dire, Marco, que rencontrer des gens comme vous redonne vraiment foi en ce que nous fassions, confia Julie un soir, alors que le soleil se couchait sur le terrain de basket.

Nous ressentons la même chose, Julie, répondit Marco. Votre engagement et votre passion sont contagieux. L'influence de Marco et Julien sur Julie et Marie, et vice versa, ne se limitait pas à l'amélioration de leurs compétences organisationnelles, Rigueur, planification ou à l'élargissement de leur réseau. Elle touchait quelque chose de bien plus profond, la redécouverte de leur propre passion pour le sport en tant que vecteur de changement. Inspirées par ces nouvelles rencontres, elles commencèrent à envisager des projets encore plus ambitieux, comme des échanges internationaux ou des camps d'entraînement interculturels.

— Imaginez un camp d'été où nos jeunes pourraient rencontrer et jouer avec des équipes d'autres pays, proposa Marie, les yeux brillants d'enthousiasme.

—>Cela serait fantastique répondit Julie. Ils apprendraient tellement, non seulement sur le

basket, mais sur d'autres cultures et modes de vie.

Le dernier jour du tournoi, alors que les équipes se disaient au revoir en promettant de rester en contact et d'organiser des rencontres futures, Julie et Marie réalisèrent à quel point cette aventure avait dépassé leurs attentes. Non seulement elles avaient réussi à créer un événement marquant pour la communauté, mais elles avaient aussi ouvert la porte à des amitiés et collaborations qui pourraient durer toute une vie.

— Je n'arrive pas à croire que c'est déjà fini, dit

Julie, regardant les jeunes s'échanger des numéros de téléphone et des adresses électroniques.

— Oui, mais ce n'est que le début, répondit Marie avec un sourire. Nous avons tant de projets à réaliser.

La fête de clôture fut un succès retentissant, un moment de joie partagée et de reconnaissance mutuelle.

En fin de repas furent remises les coupes et les médailles à chaque équipe, sous de beaux applaudissements. Les discours des différents responsables d'équipes rendirent homme non seulement pour l'ensemble de l'organisation, les réalisations des équipes avec la remise des médailles et des trophées, mais aussi à l'esprit communautaire qui les avait portées vers ces succès. Un repas fut offert à tous les gens du club tous les sports confondus les responsables locaux et toutes les équipes ayant participé à cette grande fête.

À la surprise de Clara et Lucas, qui étaient dans la salle d'à côté, le responsable des équipes présentes appela leurs noms, Clara et Lucas, approchez !

La lumière du gymnase fut éteinte, plongeant la salle dans l'obscurité totale.

Une haie d'honneur, formée par tous les participants tenant des bougies allumées, apparut soudainement. Un grand coup de sifflet raisonnait, tous les personnes présentes dans le gymnase entamèrent "Joyeux anniversaire". Clara et Lucas, se tenant au fond de la salle avec leurs mères complices, furent obligés de passer sous cette haie d'honneur interminable. L'émotion était palpable, dense. Tous entamèrent de nouveau le chant que tout le monde connaissait.

Clara et Lucas, se tenant la main comme frère et sœur, chantaient aussi, émus sans trop savoir pourquoi. Le responsable leur souhaita alors un joyeux anniversaire via son micro,

— Joyeux anniversaire, Clara et Lucas !

Aujourd'hui pour Clara, et avec quatre jours d'avance pour Lucas, félicitations pour vos 18 ans ! sous des applaudissements enthousiastes. Un micro leur fut tendu au bout de la haie.

— Merci, Monsieur le Président de Région, pour vos paroles et merci à tous ici présents,

dit Lucas, reprenant son souffle, submergé par l'émotion. Clara saisit le micro, nous remercions les joueurs formant la haie, le conseil municipal, et la police pour la sécurité et l'organisation.

— Je tiens, avec Lucas, à remercier nos mamans qui nous ont toujours fait confiance, et je voudrais que

Vos applaudissements pour remercier toutes les personnes qui travaillent dans l'ombre, et nos entraineurs merci à Marco et Julien d'avoir repris le flambeau pour nous accompagner vers la montée en National 4. Merci à tous.

Un tonnerre d'applaudissements emplit la salle, interminable pour Marco qui prit le micro et dit : Stop, l'avenir est pour demain, aurait Julien retenu pour des affaires familiales. Allez, musique jusqu'au bout de la nuit, et pour les chauffeurs, avec sobriété ! Alors que les derniers applaudissements s'éteignaient et que les lumières du gymnase se rallumaient, Julie et Marie se retrouvèrent, un sourire complice aux lèvres.

Leurs regards se croisèrent, chargés de gratitude et de fierté. Elles savaient que ce tournoi n'était que le début d'une nouvelle aventure, un nouvel horizon où leur passion commune pour le basket et leur engagement auprès des jeunes les mèneraient encore plus loin. Pour la première fois, Julie et Marie, debout, embrassèrent leurs enfants qui tenaient chacun la main de Marco.

Chapitre 5 : Les Leçons Apprises

Les saisons changeaient, et avec elles, la vie des familles Dupont et Martin évoluait continuellement. Une amitié solide et une compréhension mutuelle avaient été forgées entre Clara, Lucas, et leurs mères. Cependant, une situation significative allait bientôt les forcer à collaborer encore plus étroitement, testant les liens qu'ils avaient tissés et les amenant à tirer des leçons importantes de leurs expériences.

Une situation d'urgence.

Un matin de printemps, alors que Clara et Lucas se rendaient à l'entraînement de basket, une tempête inattendue frappa la région. Les routes étaient rapidement inondées, et le vent fort rendait les déplacements dangereux. Julie, qui travaillait de nuit, reçut un appel urgent de l'hôpital lui demandant de venir en renfort à cause des conditions météorologiques extrêmes. Marie, de son côté, devait assister à une réunion importante au tribunal.

— Maman, c'est trop dangereux de sortir par temps,

dit Clara, inquiète. Marie acquiesça. Je sais, chérie. Nous devons trouver une solution. Je vais appeler Julie pour voir si nous

pouvons-nous organiser ensemble. Julie, après avoir discuté avec Marie, proposa une solution :

— Je vais prendre Lucas et Clara avec moi à

l'hôpital. Ils peuvent rester dans la salle de repos pendant que je travaille. Marie, dès que tu as terminé ta réunion, tu peux venir les récupérer.

Marie accepta le plan avec gratitude. Elle savait que cela demandait beaucoup de Julie de gérer les deux adolescents en plus de son travail exigeant, mais elle n'avait pas d'autre option viable. Les enfants étaient en sécurité et cela permettait aux deux mères de remplir leurs obligations professionnelles.

Collaboration et défis

Arrivés à l'hôpital, Lucas et Clara furent impressionnés par l'agitation et la tension qui régnaient. Julie les installa dans une salle de repos, leur fournissant des livres et des jeux pour les occuper. Elle leur donna également des instructions claires sur les mesures de sécurité à suivre.

— Restez ici et ne sortez pas de cette salle peu importe ce qui se passe. Je reviendrai dès que possible pour vérifier comment vous allez, leur dit-elle avec une voix rassurante mais ferme. Clara et Lucas se retrouvèrent soudainement dans une situation où ils devaient se soutenir mutuellement. La tempête faisait rage dehors, et bien qu'ils soient en sécurité, l'ambiance de l'hôpital était anxiogène. Ils décidèrent de s'organiser pour passer le temps de manière productive.

— On pourrait utiliser ce temps pour réviser nos cours de maths, proposa Clara. Ça nous aidera à rester concentrés et à oublier un peu ce qui se passe dehors. Lucas, bien que moins enthousiaste à l'idée de réviser, comprit la logique de Clara.

— D'accord. Et après, on pourrait jouer à un jeu pour se détendre.

Ils passèrent les heures suivantes à travailler ensemble, partageant leurs connaissances et aidant l'autre à comprendre des concepts difficiles. Cette collaboration renforça leur complicité et leur respect mutuel.

Marco qui était au courant de notre présence est venu nous rendre visite et nous a apporté une boite de gâteaux et notre boisson préférés. Quand Marco fut parti, Lucas dit à Clara,

— je pense qu'il y a anguille sous roche entre lui et

— maman ! j'ai croisé un jour leurs deux mains se

croiser affectueusement, entre nous je le trouve sympa. Clara lui, dit qu'elle s'en doutait car elle aussi, avait aperçu ce petit manège ! mais pas le même jour, grosse rigolade.

— on va les surveiller pour voir ! prit en flagrant

délit, comme des jeunes étudiants.

Marie arriva à l'hôpital en fin d'après-midi, épuisée mais soulagée de voir que Clara et Lucas allaient bien. Julie, fatiguée mais souriante, les rejoignit dans la salle de repos.

Merci beaucoup, Julie. Je ne sais pas ce que j'aurais fait sans toi aujourd'hui, dit Marie, reconnaissante.

Julie secoua la tête avec un sourire.

— Ce n'est rien. Nous sommes là pour nous entraider, surtout dans des moments comme celui-ci.Les Adolescents, (18 ans quand même) voyant leurs mères échanger des mots de soutien, réalisèrent l'importance de la collaboration et de l'entraide. Ils avaient non seulement survécu à une journée difficile, mais en avaient également tiré des leçons précieuses.

Clara, s'adressant à sa mère, déclara :

— Maman, j'ai appris aujourd'hui que parfois, il faut savoir demander de l'aide et compter sur les autres.

Julie et Lucas nous ont beaucoup aidés, et je suis vraiment reconnaissante. Lucas, ajoutant à son tour :

— Et moi, j'ai compris que la discipline et

l'organisation peuvent vraiment faire la différence dans des moments difficiles. Clara m'a aidé à rester concentré et calme. Marie et Julie, touchées par les réflexions de leurs jeunes gens, prirent conscience des bénéfices de leurs échanges. Elles réalisèrent que leurs approches, bien que différentes, étaient complémentaires et enrichissantes pour leurs enfants.

Cette journée particulière marqua un tournant dans les relations entre les deux familles. Julie et Marie commencèrent à intégrer davantage d'éléments de l'approche éducative de l'autre dans leurs propres pratiques. Julie introduisit un peu plus de structure et de discipline dans la vie de Lucas, tout en maintenant la confiance et la liberté qu'elle lui offrait. Marie, de son côté, devint plus flexible et ouverte, permettant à Clara de prendre plus de décisions par elle-même et de profiter de moments de détente.

Les adolescents, quant à eux, renforcèrent leur amitié et leur compréhension mutuelle. Ils se soutinrent davantage, tant sur le terrain de basket qu'en dehors, apprenant à équilibrer leurs vies grâce aux leçons tirées de leurs expériences familiales. Lucas demande :

— Et ces activités communautaires dont on a parlé, ça commence quand ? Marc et Serge répondirent :

— Très bientôt. On va organiser des ateliers avec des écoles, participer à des événements de charité, et plus encore. C'est important de renforcer notre lien avec la communauté qui nous soutient. Clara :

— C'est génial de faire partie de tout ça. Je me sens vraiment intégré dans l'équipe maintenant. Jeanne Marie, Joueuse Expérimentée et maman honorifique du club élu par les jeunes du club.

— Et c'est notre rôle de s'assurer que chacun se sente le bienvenu et valorisé. On est une famille ici, et chaque nouveau membre renforce cette famille Julien :

— Bien dit. Notre premier match de la saison va êtreun vrai test de notre esprit d'équipe et de notre compétence. Mais je sais qu'on est prêt.

Le village tout entier semblait vibrer au rythme des célébrations. Les supporters qui avaient suivi et encouragé l'équipe tout au long de la saison, partageaient cette victoire, la montée en excellence région, comme si c'était la leur. Les joueurs étaient acclamés, non seulement pour leurs performances sur le terrain mais pour leur engagement envers la communauté. Ils étaient devenus des héros locaux, des exemples de persévérance, de travail d'équipe et intégrité. Jeanne Marie de dire :

— Bravo les jeunes ! vous êtes nos héros et en récompenses pour vous, j'ai acheté des biberons de lait comme une maman le ferait pour ses enfants ! Emma de rajouter merci pour, cette saison incroyable ! Vous nous avez fait rêver ! Julien les yeux brillant de fierté, rassembla son équipe pour un discours qui marquerait les esprits Serge l'entraineur N°2

— Cette victoire n'est pas le fruit du hasard elle est le résultat de votre travail acharné, de votre dévouement et de votre esprit d'équipe ; vous avez montré qu'ensemble, rien n'est impossible. Mais souvenez-vous, ce n'est que le début. L'excellence région nous attend, et avec elle, de nouveaux défis. Je suis convaincu que nous sommes prêts A les relever.

— Clara : Merci coach. On ne serait pas là Sans toi.

Luca

— On va continuer à travailler dur et à rester soudés. On est prêt pour l'excellence région.

Les jours suivants, l'équipe prit le temps de se reposer et de réfléchir à la saison écoulée. Ils réalisèrent que leur succès n'était pas seulement dû à leur performance sur le terrain, mais aussi à leurs capacités à rester soudés dans les moments difficiles, à soutenir chaque membre de l'Équipe et à rester engagés envers leurs communautés Marc

— Cette saison nous a appris tellement de Chose.

On est devenus plus qu'une équipe.

Avec cette promotion en excellence région, l'équipe savait que les attentes seraient plus élevées et les adversaires plus redoutables. Mais ils étaient prêts. Armé de leur expérience, de leur, talent et de leur esprit inébranlable. Ils étaient déterminés à faire de cette nouvelle aventure un succès encore plus grand.

Cette expérience significative et la collaboration qui en résulta laissèrent des traces durables dans les vies des familles Dupont et Martin. Les leçons apprises sur la collaboration, le soutien mutuel et l'importance de trouver un équilibre entre liberté et discipline continuèrent de guider leurs interactions et leurs décisions.

Clara et Lucas, forts de ces enseignements, étaient mieux préparés à affronter les défis futurs, sachant qu'ils pouvaient compter l'un sur l'autre et sur leurs mères pour les soutenir. Les deux familles, désormais plus unies et compréhensives, avaient construit une fondation solide pour un avenir prometteur, riche de croissance personnelle et de relations renforcées.

Chapitre 6 : Nouveau Départ L'aventure commence.

Les mois passèrent, et la fin de l'année scolaire approchait. Clara et Lucas se préparaient pour les examens finaux tout en continuant à évoluer dans leurs vies personnelles et familiales. Les leçons qu'ils avaient apprises, les défis qu'ils avaient surmontés, et les liens qu'ils avaient tissés allaient les accompagner dans cette nouvelle étape de leur vie.Pen dant que la nouvelle année sportive se profilait à l'horizon, Lucas et Clara, les deux meneurs au cœur de l'équipe, n'étaient pas restés inactifs. Leur amitié, catalyseur de tant de belles histoires au sein de la communauté, était sur le point d'en inspirer une nouvelle. Avec les fonds récoltés tout au long de l'année sportive grâce à diverses initiatives – ventes de gâteaux, tombolas, et dons généreux de la part des supporters et des entreprises locales –, ils avaient organisé un séjour de 10 jours qui promettait d'être inoubliable. Leur destination ? Les Alpes, un paradis pour les aventuriers et les amoureux de la nature montagneuse.

Le plan était de participer à un camp sportif spécialisé dans les activités de montagne : randonnée, escalade, et même initiation au parapente. C'était une occasion en or pour l'équipe de renforcer ses liens hors du contexte habituel du Basket, de se dépasser et de vivre des expériences formidables, durs, vertigineux qui marqueraient leurs esprits à jamais.

La lumière du soleil perçait doucement à travers les rideaux de la petite chambre, annonçant une nouvelle journée pleine de promesses. Dans le village paisible de Corlay, l'excitation était palpable. Les habitants se préparaient pour le grand départ de 12 amis, dont l'aventure allait bientôt commencer.

Sophie, une jeune femme à l'esprit vif et curieuse de nature, se leva la première. Elle attrapa son sac à dos, soigneusement préparé la veille, et se dirigea vers la cuisine où Lucas, son ami d'enfance, préparait le petit-déjeuner :

— Bonjour Lucas ! Prêt pour le grand jour ? Lucas

(en souriant) :

— Toujours ! J'ai préparé du pain frais et des œufs pour nous donner de l'énergie. Où sont Emma et Tom ! Ou est-il ?

— Ils dorment encore, je crois. Je vais les réveiller. Sophie monta rapidement les escaliers et frappa doucement à la porte de la chambre de **Tom**. Réveille-toi Tom ! c'est le jour (grognant) :

— Encore cinq minutes... Emma, qui partageait la chambre voisine, avait déjà entendu l'agitation. Elle ouvrit la porte et apparut, prête à affronter la journée. **Emma** :

— Tom, tu ne veux pas manquer notre départ, n'est-ce pas ? Tom (se redressant) :

— D'accord, d'accord, j'arrive.

Quelques minutes plus tard, les quatre amis se retrouvèrent autour de la table de la cuisine, savourant le petit-déjeuner préparé par Lucas.

— Alors, tout le monde a bien vérifié ses affaires On ne peut pas se permettre d'oublier quelque chose d'important. Avez-vous pensé à prendre l'enveloppe avec l'argent pour le fonctionnement ? et le règlement du chauffeur! qui reste avec nous, ainsi Marc qui sera le responsable du grouppe il a 22 ans un beau mec comptable. Oui répondit Emma » et j'ai aussi pris la boite de premier secours. Emma :

— J'ai mon carnet de notes et mes cartes, **Sophie,** Tu as pris ta boussole

— Absolument, et j'ai aussi pris de l'eau et des provisions. **Tom**, tu as bien pris les outils ?

— Oui, tout est là. On est prêts à partir. Bon maintenant allons voir si le reste de la bande est prêtes comme prévu, tout le monde était là « frais comme des gardons Le départ fut un moment chargé d'émotion. **Marie et Julie,** les deux mamans devenues amies inséparables, étaient là pour voir leurs fils et fille ainsi que leurs coéquipiers prendre la route. Elles étaient accompagnées de nombreux autres parents et supporters, tous réunis pour souhaiter bonne chance à l'équipe dans cette aventure. Les adieux furent chaleureux, remplis de conseils de dernière minute et de recommandations maternelles, mais surtout d'encouragements et de fierté. Le départ fut un moment chargé d'émotion. Julie et Valérie, les deux mamans devenues amies inséparables, étaient là pour voir leurs ados et leurs coéquipiers prendre la route. Elles étaient accompagnées de nombreux autres parents et supporters, tous réunis pour souhaiter bonne chance à l'équipe dans cette aventure. Les adieux furent chaleureux, remplis de conseils de dernière minute et de recommandations maternelles, mais surtout d'encouragements et de fierté.

Lucas, sortant la tête de la fenêtre du car, interpelle Jean, le président d'honneur :

— Hé Jean, j'ai un service à vous demander. Je vous confie nos deux mamans, surveillez-les afin qu'elles ne fassent pas de bêtises, je vous en tiendrai responsable !

Un éclat de rires et des applaudissements résonnèrent dans l'air.

Le soir même de leur arrivée sur place, un seul appel téléphonique était autorisé pendant le séjour. Le chauffeur, qui était avec eux dans l'aventure, était chargé de récupérer tous les téléphones des aventuriers. Un numéro de téléphone avait été laissé aux parents au cas où il y aurait un problème. C'était très dur pour tous, mais c'était la seule façon d'assurer une immersion totale pendant le séjour.

Les premiers jours dans les Alpes furent une révélation pour beaucoup. L'air pur de la montagne, les paysages à couper le souffle, et le défi physique de l'escalade et de la randonnée poussaient chacun à se surpasser. Lucas et Maxime, habitués à mener leur équipe sur le terrain, trouvaient de nouvelles manières d'encourager et de soutenir leurs amis, prouvant que le leadership ne connaît pas de limites d'environnement. Lucas :

— Allez les gars, disait Lucas, on est presque

au sommet ! Encore un petit effort !

— Clara : Regardez cette vue, ça vaut bien tous les efforts du monde, non ?

Le clou du séjour fut sans doute l'initiation au parapente. S'élancer d'une falaise, soutenu uniquement par une voile et les courants aériens, fut une métaphore puissante pour ces jeunes hommes sur le point de se lancer dans une nouvelle saison, pleine d'incertitudes mais aussi de possibilités infinies.

C'était un rappel que, peu importe les défis à venir, ils avaient la force de les surmonter, ensemble Prêts à vous envoler ? Clara :

— Prêt dit Clara Ça va être génial !

Le soir, autour du feu de camp, les discussions allaient bon train. Entre les rires et les chants, des liens se renforçaient, des souvenirs se créaient, et l'esprit d'équipe se solidifiait encore plus. Lucas et Clara en observant leurs coéquipiers, savaient qu'ils avaient réussi. Ce séjour n'était pas seulement une pause avant la tempête de la nouvelle saison sportive ; c'était un investissement dans l'unité, la confiance, et l'amitié, Lucas

— Regardez-nous, on est vraiment une équipe

soudée. Oui, dit Clara et ça se voit. On va tout déchirer

cette saison. Pendant ce temps-là, Julie et Marco éprouvaient des liens d'affection et de compréhension mutuelle se tissaient au sein du groupe. Leur amour naissant semblait être un rayon de soleil après une longue période d'orage. Marie, de son côté, explorait prudemment les sentiments qu'elle commençait à éprouver, consciente de l'impact que ses choix

79

pourraient avoir sur sa fille. Elle cherchait un équilibre, un moyen de s'épanouir sans perturber l'univers, de celle qu'elle aimait le plus au monde.

Un samedi matin ensoleillé, le groupe décida de passer quelques week-ends ensemble, consolidant leur amitié et laissant s'épanouir les sentiments naissants. Ces moments partagés étaient emplis de rires, de conversations profondes et de projets d'avenir. C'était une bulle de bonheur fragile, loin des réalités souvent plus dures au quotidien.

—Tu sais, Marie, je n'ai jamais été aussi heureux que ces derniers jours », confia Julien en regardant le coucher de soleil. Nous avons vraiment quelque chose de spécial ici. Marie sourit, ses yeux brillants d'émotion.

— Oui, Julien. Je ressens la même chose. C'est

comme si nous avions trouvé notre propre

Petit paradis.Julie et Marco, assis un peu plus loin, partageaient également un moment de complicité.

— Marco, tu crois qu'on pourra toujours se retrouver comme ça, même quand la vie Deviendra plus compliquée ? Demanda Julie, son regard doux perdu dans l'horizon.

— Je l'espère, Julie. Ces moments Sont Trop précieux pour être oubliés. Nous devons les Chérir et les protéger, répondit Marco, serrant tendrement la main de Julie.Cependant, le dernier dimanche de leur escapade fut marqué par une tragédie impensable. Sur le chemin du retour, un terrible accident de voiture bouleversa à jamais la vie de tous. Marie fut plongée dans un coma profond, tandis que Julien, l'âme généreuse et le cœur du groupe, perdit la vie à la suite d'un stop grillé par un chauffard qui s'en est sorti indemne, à part quelques égratignures

Julie et Marco, bien que physiquement indemnes, étaient profondément traumatisés par l'expérience. Assis dans la salle d'attente de l'hôpital, ils se tenaient la main, leurs visages marqués par le choc et la douleur.

— Comment est-ce possible, Marco ? Murmura Julie, les larmes coulant sur ses joues.

Nous étions si heureux il y a à peine quelques heures. Marco, la voix tremblante, répondit :

— La vie est parfois cruelle, Julie. Mais nous devons rester forts, pour Marie et pour Julien.

Ils auraient voulu que nous continuions à vivre, à aimer. Et perpétuer ce qu'ils avaient commencé Les jours suivants furent un tourbillon d'émotions pour tout le monde. Les amis et la famille se rassemblèrent pour soutenir Marie et pleurer la perte de Julien. Malgré la douleur, ils savaient qu'ils devaient continuer à avancer, portés par les souvenirs des moments heureux qu'ils avaient partagés. Marie, toujours dans le coma, était entourée de l'amour et du soutien de ses proches. Julie et Marco, quant à eux, firent le serment de veiller sur elle et de préserver l'esprit de leur amitié, "Dans les moments les plus sombres, des instants d'amour et d'espoir surgissent, laissant entrevoir une situation pleine de joie." Ainsi, ce qui avait commencé comme une simple escapade entre amis se transforma en une épreuve de résilience et de solidarité. Malgré la tragédie, les liens qu'ils avaient tissés ne firent que se renforcer, prouvant que même dans les moments les plus difficiles, l'amour et l'amitié pouvaient triompher.

Lorsque le groupe fit son retour, les visages bronzés par le soleil de montagne et les yeux pétillants d'histoires à partager, Julie et Marco furent parmi les premiers à les accueillir. Ils virent immédiatement le changement. Cette jeune fille et ce jeune hommes leurs enfants au premier rang, avaient grandi, mûri, et étaient prêts à faire face à tout ce que l'avenir leur réservait. — Alors, comment c'était ? demanda Julie impatiente de connaître les détails, inoubliable,

— maman. On a appris tellement de choses, répondit Lucas, un sourire éclatant sur le visage. Je suis si fière de vous. Vous avez l'air différents, plus forts », constata Marco, les larmes aux yeux.

— On l'est. On est prêts pour la nouvelle saison, confirma Clara, déterminé, Clara à attraper la main de Lucas et lui dit :

— Viens avec moi voir maman qui doit être plus loin ! vient vite avec moi allons lui faire une surprise, allez Julie et Marco rattrapés nous !

— Clara, Lucas attendez nous, maman n'est pas ici, voilà pourquoi Marco et moi sommes là pour vous accueillir, on va la rejoindre tout de suite, tous ensemble. On va vers la voiture, Clara nous demande

— pourquoi avez-vous la voiture de maman ?

Marco repris tout de suite la mienne est en panne, Marie nous a confié la sienne pour venir vous chercher.

— Vous êtes bizarre nous dit Clara, La douleur trop

dense pour Julie qu'elle dit :

— Marco arrête la voiture au prochain parking, ce qu'il fit tout de suite. Julie tenant de nouveau Clara dans ses bras, Lui dit en sanglotant

— Clara, ma chérie, nous avons eu un très grave accident de voiture, ta maman, à été mise en coma profond, pour qu'elle souffre le moins possible même pas du tout, pour le frère de Marco, Julien, il est décédé sur le coup, je sais cela est très dure ! Clara lui répond en sanglots,

— Vraiment désolé, Marco pour le décès de Julien notre ami, notre frère Clara se mit àhurler de plus belle pourquoi ça nous arrive à nous ? serrant encore plus fort Lucas prend Clara par l'épaule,

— Est-ce que maman va s'en sortir ? Marco de sa voix douce dit ceci :

— tu sais Clara, ta maman est une battante, nous devons garder espoir et resté unis reste, Julien nous manque à tous mais nous devons honorer sa mémoire en restant soudé. Nous allons traverser cette épreuve ensemble, mes amours, Lucas tenait toujours la main de Clara. Julie s'adressant aux deux jeunes,

— Julien veillera toujours sur nous et nous devons être fort Pour, Marie. Un nouvel espoir.

Les mois passèrent et, avec eux, le temps apporta une forme de guérison. Marie après un combat acharné entre la vie et la mort, émergea lentement du coma. Son réveil fut un moment empli d'émotions contrastées : la joie immense de la voir revenir parmi eux, mêlée à la douleur de devoir lui annoncer la perte de Julien.

Julie, les yeux brillants de larmes, tenant la main de Marie.

— Marie, tu es enfin revenue parmi nous. Nous avons tant attendu ce moment. Marie :

— Faiblement, les yeux s'ouvrant lentement

Julie…, Marco… Où suis-je ? Que s'est-il passé ? Marco avec sa voix douce mais tremblante Marie, tu as eu un accident. Tu étais dans le coma, mais tu es revenue. Nous sommes tellement Heureux de te retrouver. Marie essayant de se redresser, une douleur dans les yeux) Et Julien ? Où est-il ? Julie (des larmes coulant sur ses joues) Marie il y a quelque chose de très difficile que nous devons te dire. Julien…Julien n'a pas survécu à l'accident. Il nous a quittés ce jour-là. Marie : laissant échapper un cri de douleur, les larmes jaillissantes.

— Non pas Julien…Pourquoi ? Pourquoi lui ?

Marco prenant doucement la main de Marie Nous savonsque c'est insupportable, Marie, mais nous sommes ici pour toi nous allons traverser cette épreuve ensemble, comme une famille. Julien aurait voulu que nous restions unis.

— Marie (entre les sanglots) Oui pour Julien…pour

lui, je dois être forte. Merci d'être là pour moi. Le chemin de la récupération était long et semé d'obstacles, mais Marie n'était pas seule. Elle avait à ses côtés une famille choisie, unis par l'adversité, prête à l'accompagner à chaque étape de son rétablissement. Clara et Lucas eux aussi, commencèrent à trouver leur propre voie vers la guérison, apprenant à vivre avec leur douleur et à transformer leur chagrin en force.

Julie : (observant Marie lors d'une séance de rééducation)

— Tu fais des progrès incroyables, Marie Chaque jour, tu deviens plus forte. Marie essoufflée mais déterminée. C'est grâce à vous tous, Je n'aurai jamais pu faire ça seul. Vous êtes ma force. Marco souriant.

— Nous sommes une famille, Marie. Nous traversons tous ensemble. Clara : (timidement)

— Maman je suis fier de toi. Tu es la personne la

plus courageuse que je connaisse et j'en suis ("40 SMS pour donner du courage - questions à poser")

Heureuse car tu es ma maman et je t'aime de tout mon cœur, marie tendant ses bras vers Clara lui dit.

— vient vite ma chérie, tu es mon diamant, ma force

de vivre merci ma grande. Marco souriant lui prend la main, quoi qu'il arrive un jour, nous sommes non destructifs et nous formons un super bloc. Lucas qui regardait cela avec pudeur s'est mis à brailler,

— et moi alors ! Clara se jeta sur lui Espèc de gros

bêta ! elle lui faisant un gros bisou sur le front, il se mit à rougir, ah toi alors ! tout le monde avait rigolé.

Les jours qui suivirent furent marqués par la douleur profonde, mais aussi par une résilience inattendue. Le groupe, bien que brisé, trouva la force de se reconstruire peu à peu, soutenu par l'amour et l'amitié qui les unissaient. Ils savaient que Julien aurait voulu les voir continuer à avancer, malgré la tragédie qui les avait frappés.

Chemin faisant, Clara et Lucas avaient considérablement mûri depuis leur première rencontre. Clara, autrefois strictement disciplinée, avait appris à intégrer la spontanéité et la flexibilité dans sa vie. Elle trouvait un équilibre entre ses études et ses moments de détente, ce qui l'aidait à rester sereine et concentrée. Lucas, de son côté, avait adopté une approche plus structurée de ses activités, ce qui lui permettait de mieux gérer son temps et d'améliorer ses performances académiques et sportives.

Un jour, après un entraînement de basket particulièrement intense, Lucas se tourna vers Clara avec un sourire satisfait.

— Je pense qu'on forme une super équipe, Clara.

Ona appris tellement de choses l'un de l'autre. Clara acquiesça, son regard plein de gratitude.

— Oui, Lucas. Et je suis sûre que ce qu'on a appris nous servira longtemps. On a de la chance d'avoircroisé nos chemins. Julie et Marie observaient fièrement les progrès de leurs deux jeunes, Elles avaient elles aussi beaucoup évolué, intégrant des éléments de l'approche éducative de l'autre dans leurs propres pratiques. Julie avait appris à apprécier la valeur de la structure et de la discipline, tandis que Marie avait découvert les bénéfices de la flexibilité et de la confiance.

Un dimanche après-midi, les deux mères se retrouvèrent autour d'un café pour discuter de l'avenir.

— Je suis vraiment fière de la façon dont nos enfants ont grandi, dit Julie en souriant. Ils ont appris à s'adapter et à tirer le meilleur de chaque situation. Marie hocha la tête, son regard pensif. Oui, et je pense que nous aussi avons beaucoup appris.

Je suis heureuse de voir que Clara peut maintenant s'épanouir tout en restant disciplinée. Et Lucas semble tellement plus organisé et concentré. Les deux femmes échangèrent un regard complice, conscientes l'importance de leur collaboration et de leur soutien mutuel. Elles savaient que, peu importe ce que l'avenir réservait, elles pouvaient compter l'une sur l'autre pour traverser les défis à venir.

Avec la fin de l'année scolaire arriva la cérémonie de remise des diplômes. Clara et Lucas, vêtus de leurs toges et mortiers, étaient prêts à tourner une nouvelle page de leur vie. Le gymnase était rempli de parents fiers, d'enseignants et d'amis venus célébrer cette étape importante.

Lorsque Clara monta sur scène pour recevoir son diplôme, elle chercha immédiatement du regard sa mère et Julie. Marie, les larmes aux yeux, lui fit un signe de la main, tandis que Julie applaudissait chaleureusement. Lucas, en montant à son tour sur scène, adressa un clin d'œil à Clara et à sa mère. Il savait que cette étape n'aurait pas été possible sans le soutien indéfectible de sa mère et l'amitié de Clara. Après la cérémonie, les deux familles se retrouvèrent pour célébrer ensemble. Ils échangèrent des rires, des souvenirs et des projets pour l'avenir.

— Alors, qu'est-ce qui vous attend maintenant ?

demanda Julie en souriant à Clara et Lucas. Clara répondit avec enthousiasme

— Je pense continuer mes études en sciences mais j'aimerais aussi m'impliquer dans des activités extra scolaires, peut-être même continuer le basket. Lucas ajouta :

— moi, je vais poursuivre mes études en arts, mais je veux aussi trouver un moyen d'équilibrer ça avec des activités sportives. On a appris que l'équilibre est la clé Le temps passa, et les deux familles continuèrent à évoluer et à s'adapter aux nouveaux défis et opportunités qui se présentaient à elles. Clara et Lucas, maintenant à l'université, maintenaient leur amitié et leur soutien mutuel. Ils savaient que, peu importe où la vie les mènerait, ils pourraient toujours compter l'un sur l'autre. Marie et Julie, quant à elles, continuaient de se soutenir mutuellement, trouvant du réconfort et de la force dans leur amitié. Elles avaient appris que, bien que leurs approches parentales soient différentes, elles partageaient le même objectif : voir leurs enfants s'épanouir et réussir.

L'histoire de Clara, Lucas, Julie et Marie est une histoire de croissance, de résilience et d'amitié. Ils ont appris que, bien que la vie soit pleine de défis, ces défis peuvent être surmontés grâce à l'entraide, à la compréhension et à l'amour.

Leur voyage ne fait que commencer, et bien que les chemins puissent diverger, les leçons apprises et les liens tissés resteront avec eux pour toujours. Les deux familles, maintenant unies que jamais, sont prêtes à affronter l'avenir avec confiance et optimisme, sachant que chaque nouveau départ est une opportunité de grandir et de s'épanouir encore davantage.

Chapitre 7 : Caractérisation et Révélations

Avec le temps qui passait, les personnalités, passions et luttes internes de Clara, Lucas, Julie et Marie se dévoilèrent davantage. Les interactions quotidiennes et les défis qu'ils rencontraient servirent de révélateurs, permettant à chacun de mieux se comprendre et de se rapprocher.

Personnalités et Passions Clara était une perfectionniste passionnée de sciences. Elle aimait résoudre des problèmes complexes et s'épanouissait dans un environnement structuré. Pourtant, derrière cette façade rigide se cachait une jeune fille créative et sensible, passionnée de dessin et de musique, des talents qu'elle n'osait pas toujours montrer.

Lucas, en revanche, était un esprit libre et artistique. Il adorait la peinture et le théâtre, et son enthousiasme pour la vie était contagieux. Cependant, il luttait souvent avec son manque de discipline et sa tendance à procrastiner, ce qui lui causait parfois des difficultés scolaires.

Julie était une mère dévouée et flexible. Son travail à l'hôpital l'avait rendue résiliente et capable de s'adapter rapidement aux situations imprévues. Elle aspirait à donner à Lucas la liberté qu'elle-même avait souvent manquée dans sa jeunesse. Toutefois, cette approche lui causait des inquiétudes sur la gestion du temps et les responsabilités de Lucas.

Marie, stricte et organisée, était une avocate brillante et exigeante. Elle croyait fermement en l'importance de la discipline et du travail acharné, des valeurs qu'elle s'efforçait de transmettre à Clara. Néanmoins, elle se battait intérieurement avec la peur d'être trop dure et de ne pas permettre à Clara de s'épanouir pleinement.

Conflits Internes et Externes

Les luttes internes de chacun se manifestaient dans leurs interactions quotidiennes. Clara se sentait souvent étouffée par les attentes élevées de sa mère, tandis que Lucas avait du mal à gérer la liberté que Julie lui accordait.

Dialogue Révélateur

Une soirée d'hiver, après une longue journée de cours et d'entraînement, Clara et Lucas se retrouvèrent dans un café pour discuter de leurs projets de fin d'année.

— Tu sais, Lucas, parfois j'aimerais que ma mère me laisse un peu plus de liberté, avoua Clara en sirotant son chocolat chaud. Je me sens tellement sous pression tout le temps.

Lucas, jouant avec une cuillère, répondit :

— Je comprends ce que tu ressens. Parfois, j'aimerais avoir plus de structure. Ma mère est géniale, mais parfois j'ai l'impression de me perdre sans un cadre clair. Rasante quand tu ne sais pas quoi en faire. J'admire ta discipline, Clara. Je pense qu'on pourrait apprendre beaucoup l'un de l'autre.

Ce dialogue marqua un tournant pour les deux adolescents, les amenant à explorer davantage leurs luttes internes et à chercher des moyens de s'entraider.

Évolution des Relations

Les mères aussi avaient leurs moments de révélation. Un soir, Julie invita Marie à dîner pour discuter des défis qu'elles rencontraient avec leurs enfants.

— Marie, j'admire ta discipline et ta rigueur,

commença Julie. Mais j'ai parfois L'impression que je suis trop laxiste avec Lucas. Je crains qu'il ne développe pas les compétences nécessaires pour réussir. Marie posa sa tasse de thé et répondit :

—

— incroyable avec Lucas. Il est confiant et autonome, Julie, tu as réussi à créer un lien incroyable avec Lucas. Il est confiant et autonome, ce que je trouve admirable. Moi, je crains souvent d'être trop dure avec Clara et de ne pas lui laisser assez de liberté pour s'épanouir. Julie sourit doucement.

— Peut-être que nous devons trouver un équilibre. Apprendre l'une de l'autre et ajuster nos Approches. à travers ces échanges, plusieurs leçons importantes émergèrent, résonnant avec les personnages. La liberté sans discipline peut être écrasante, et la discipline sans liberté peut être étouffante. Un équilibre entre les deux permet une croissance harmonieuse.

Les dialogues ouverts permettent de révéler les luttes internes et les aspirations cachées, facilitant la compréhension et la résolution des conflits.

Les parents et les enfants doivent être prêts à ajuster leurs approches et leurs attentes en fonction des besoins et des évolutions de chacun.

Les échanges entre personnes de différentes approches et expériences peuvent enrichir et renforcer le relations, offrant des perspectives nouvelles et des solutions aux défis communs.

L'histoire de Clara, Lucas, Julie et Marie se conclut sur une note d'optimisme et d'ouverture. Les adolescents et leurs mères avaient appris à apprécier et à intégrer les différences de chacun, créant ainsi un environnement plus équilibré et harmonieux.

Clara continua de briller dans ses études scientifiques tout en explorant sa créativité artistique. Lucas trouva un meilleur équilibre entre sa passion pour l'art et la structure nécessaire à sa réussite scolaire. Julie et Marie, enrichies par leurs expériences et leurs échanges, devinrent des mères encore plus compréhensives et adaptables.

Chapitre 8 : Un Rêve Californien

Alors que l'été touchait à sa fin, un projet ambitieux, né des esprits visionnaires de Valérie et Anne, avec le soutien indéfectible des autres parents, se concrétisait enfin. Après des mois de préparation, de collecte de fonds et d'organisation minutieuse, tout était prêt pour offrir aux douze joueurs et joueuse de l'équipe une expérience qu'ils n'oublieraient jamais : un voyage en Californie, à Los Angeles, avec en point d'orgue un match d'exhibition contre une équipe de jeunes talents locaux et la possibilité d'assister à un match des légendes du basketball, incluant des joueurs de la trempe de Mickael Jordan et Le N° 23 Magic-Johnson des Lakers.

Le jour du départ, l'excitation était palpable. Pour beaucoup de ces jeunes, c'était leur première fois hors du continent.

— Je n'arrive pas à croire qu'on va vraiment à Los Angeles, s'exclama Lucas, les yeux brillants d'anticipation.

— Oui, c'est comme un rêve qui se réalise, ajouta

— Clara. Merci à tous ceux qui ont rendu ça possible.

Los Angeles, avec son mélange unique de culture, de glamour et de passion sportive, était l'endroit parfait pour élargir leurs horizons. Dès leur arrivée, le groupe fut accueilli par un climat ensoleillé et des paysages à couper le souffle.

— Regardez ça ! s'écria Mathieu en pointant

Du doigt le panneau Hollywood. C'est encore les activités, des entraînements avec des coachs américains, des visites culturelles, et bien sûr, le match d'exhibition tant attendu.

— Les coachs ici sont incroyables, remarqua Clara

après une séance d'entraînement intensive.

— Ils ont une façon de voir le jeu qui est vraiment différente.

Notre coach physique, surnommée La Puce à cause de sa taille menue mais dotée d'une détermination de fer, imposait un rythme strict dès le matin. Allez, tout le monde debout ! criait-elle. Pas de bonjour avant dix minutes d'échauffement course à petites foulées avec accélérations, pivots sur un pied puis sur les deux, et étirements de dix minutes. On s'y met, tout de suite !

Les joueurs grognaient mais s'exécutaient, la sueur perlant déjà sur leurs fronts. Après l'échauffement, direction les douches : les femmes d'un côté, les jeunes hommes de l'autre. Dix minutes maximums.

Un matin, alors que les garçons entraient sous les douches, le chef vérifia que tous les jeunes étaient bien savonnés, un problème volontaire survint. La vanne principale resta bloquée, et l'eau cessa de couler. Michel, un des joueurs, s'énerva.

— Tu te fous de nous, chef ? lança-t-il, exaspéré.

Le coach entra alors dans la douche.

— Michel, je suis ton copain, mais pas ton pote. Vous allez devoir vous sécher et vous habiller sans vous rincer, désolé les gars, je ne suis pas plombier !

— Quoi ? Ce n'est pas vrai ! Et les filles, elles ont de l'eau ? s'indigna Mathieu.

— Attendez, je vais voir, répondit le coach. Il traversa le couloir pour vérifier.

— Eh les filles, vous avez de l'eau ?

— Oui, répondirent-elles en chœur, amusées par la Situation. Pourquoi ?

Parce que les garçons n'ont plus d'eau. Vous pouvez leur faire de la place ?

— Ah les pauvres ! Qu'ils viennent, il y a trois douches de libres, rétorqua Nadia en riant aux éclats.

Finalement, après avoir vérifié que les garçons étaient bien essuyés et habillés sur leur corps savonné, le coach ouvrit la bonne vanne et l'eau se mit à couler à flot.

— Allez, vous avez cinq minutes avant que l'eau ne soit coupée définitivement !

Les garçons se précipitèrent sous les douches, se lavèrent et s'habillèrent en un temps record, sous les applaudissements des accompagnatrices et de Clara, pliée de rire. (La bonne blague)

Ensuite, tout le monde se réunit pour un petit-déjeuner mi-américain, mi-européen. Appelé continental Au menu : jus d'orage à volonté coca presque sans bulle à l'américaine aussi, pain, beurre, café ou chocolat, œufs brouillés, sucrés ou salés, saucisse, salade de fruits frais et fraises à volonté. Fromage, yaourt, lait ribot en gros lait caillé acide et voilà, ah si leurs fameux croissants, soi-disant à la Française comme le pain et hamburger. Attention à pas trop manger car la journée va être chargée en sport et visites.

— Écoutez bien, annonça le chef américain, très imposant. Toutes les boissons et assiettes doivent

Être finies et toutes les assiettes vidées. Aucun gaspillage. Si vous en laissez, vous devrez payer un supplément de 10 dollars. Si vous n'avez plus d'argent, ce sera une heure de vaisselle pour compenser

Les jeunes, impressionnés par l'autorité du chef, ne se firent pas prier pour finir leurs assiettes.

— Bon, allez en route pour la journée. Dites au

revoir en sortant, ça fait toujours plaisir. Et en anglais, vous marquerez des points ! Goodbye, tanks You ! dirent les jeunes en quittant la salle, essayant de cacher leur nervosité derrière des sourires.

Ce rythme effréné continua jusqu'au jour du match d'exhibition tant attendu. Après un entraînement final, les jeunes étaient prêts à affronter l'équipe locale. Le match fut serré, mais au-delà du score, c'était l'expérience qui comptait. Ils jouaient sur une terre qui avait vu naître et grandir certains des plus grands noms du sport.

— On a vraiment donné tout ce qu'on avait, dit Marc, essoufflé mais satisfait.

— Et on a appris tellement de choses, ajouta Clara. Je suis sûr qu'on sera encore meilleu en rentrant. Oui, ça nous pousse vraiment à nous dépasser, répondit Lucas, essuyant la sueur de son front.

Le match fut une révélation. Face à une équipe si talentueuse, les garçons durent puiser dans tout ce qu'ils avaient appris. La rencontre, jouée dans un esprit de camaraderie et de respect mutuel, fut serrée, mais au-delà du score, c'était l'expérience qui comptait.

— Oui les copains on n'a rien à se reprocher.

— L'équipe a vraiment donné tout ce qu'on avait dans le ventre, dit Michel le râleur, essoufflé aussi, mais satisfait. Le clou du voyage, cependant, fut sans aucun doute la chance d'assister à un match mettant en vedette des légendes du basketball, dont le grand Michael Jordan. Et Magic Johnson Voir ces icônes en action, sentir l'énergie de la foule et s'immerger dans l'atmosphère électrique de la compétition à ce niveau fut une source d'inspiration indescriptible.

Notre accompagnateur, René, quant à lui, avait disparu comme il était arrivé, toujours en quête de nouvelles aventures. Nous avons appris plus tard qu'il avait été invité, avec les journalistes, à la conférence de presse du match de ce soir... À la fin de la conférence, un tirage au sort désigna trois billets gagnants parmi les invités présents. René, notre Responsable de Rêves, fut l'un des chanceux. Il gagna un maillot signé par Magic Johnson et un ticket pour tenter un tir à mi-temps depuis le milieu de terrain, devant 25 000 personnes.

À son retour, René nous montra le maillot signé. Tous les jeunes et accompagnateurs le touchèrent avec admiration. René expliqua que ce cadeau n'était pas pour lui, mais pour un jeune tétraplégique de 12 ans, fan de Magic Johnson.

— Vous lui donnerez vous-mêmes quand nous rentrerons, dit-il avec émotion.Le soir du match, nos noms furent inscrits sur l'écran géant, souhaitant la bienvenue à notre équipe française. Les applaudissements et les cris de bienvenue des autres Français présents nous réchauffèrent le cœur Haut du formulaire Bas du formulaire

— Regardez, c'est Jordan ! s'exclama Clara, les yeux écarquillés.

— Je n'arrive pas à croire qu'on est ici, murmura

Lucas, ému.

. Le silence se fit dans le gymnase. Les hymnes nationaux furent joués et chantés, puis le match commença. La première mi-temps fut très équilibrée. À la mi-temps, cinq personnes furent appelées, dont Lucas. René prit Lucas par la main et descendit au centre du Forum avec les autres sélectionnés. Lucas semblait tout petit malgré sa grandeur.

Le tir à la mi-temps offrait un voyage de 15 jours sur la route mystique « 66, » tous frais payés, d'une valeur de 15 000 à 25 000 dollars. Trois joueurs tentèrent leur chance, touchant le cercle sans réussir à marquer. Quand ce fut au tour de Lucas, il dribbla pour se détendre, prit son élan sous les applaudissements du public, et lança le ballon. Contre toute attente, le ballon monta très haut et par magie, grâce à beaucoup d'effet donné plus la vitesse, le ballon redescendit et tomba à l'intérieur du cercle, soulevez par les trois candidats passé avant lui, firent le tour (comme cela se fait), pour présenter le gagnant à tout le public du forum, déclenchant une ovation générale.

Lucas, abasourdi, reçut son prix des mains de Magic Johnson lui-même et lui serrant la main, Lucas même s'il faisait 1,82 cm paressait petit à côté de Magic

— Merci beaucoup, dit-il en Anglais très ému, et

toujours en Anglais,) ce sera le meilleur

souvenir d'adolescent ! dit-il avec un calme absolu, saluant la foule avec un grand sourire.

Le match reprit, mais malgré tous leurs efforts, l'équipe de Magic Johnson, perdit d'un point, 93 à 92. Face au Chicago bulls. Les joueurs firent un tour d'honneur, applaudissant le public en guise de remerciement.

En cette soirée mémorable, Isabelle, Anne et La puce se retrouvèrent avec un sourire complice. Leurs regards se croisèrent, remplis de gratitude et de fierté. Elles savaient que ce voyage n'était que le début d'une nouvelle aventure, un nouvel horizon où leur passion commune pour le basket et leur engagement auprès des jeunes les mèneraient encore plus loin.

Pour Valérie et Jeanne-Marie, observer les visages émerveillés de leurs jeunes ados et de leurs coéquipiers à ce moment-là fut la récompense en soi. Le retour à la réalité, après dix jours en Californie, fut doux-amer. L'expérience avait été intense, pleine d'apprentissages et de moments de joie partagée. Plus qu'un simple voyage, c'était une étape dans leur développement personnel et sportif, un souvenir gravé à jamais dans leurs cœurs.

— Merci à tous pour ce voyage incroyable, dit

Clara en descendant de l'avion. On a vécu quelque chose d'unique.

— Oui, merci, ajouta Lucas. Je pense que ça

nous a tous changés d'une manière ou d'une autre.

En atterrissant, les liens entre eux plus forts que jamais, ils savaient qu'ils avaient vécu quelque chose d'unique. Valérie et Anne, les architectes de cette aventure, ne pouvaient s'empêcher de sourire, fières de ce qu'elles avaient accompli.

— On l'a fait, dit Julie en observant les jeunes.

On leur a offert un rêve.

— Et je suis sûre que ça n'est que le début,

répondit René (ah le revoila !) Ils ont maintenant les yeux tournés vers de nouveaux Horizons. En ce début de soirée estivale et en voyant tous les jeunes revenir de leurs périples de Los Angeles, la ville tout entière semblait vibrer d'un espoir renouvelé. Un nouveau chapitre s'ouvrait, non seulement pour Clara et Lucas, mais pour tous ceux qui avaient participé à ce voyage exceptionnel. Une chose était certaine : le sport avait le pouvoir de transformer des vies, de créer des liens indéfectibles et de tracer des chemins vers des futurs prometteurs.

La Soirée Tant Attendue

Après notre arrivée de Los Angeles avec le groupe, nous avons appris qu'Isabelle avait réalisé un film résumant notre voyage, et ce, à notre insu. Après l'avoir retravaillé et visionné avec Marc, son petit copain et responsable vidéo de notre club, Isabelle nous l'a offert à la condition de le passer lors d'une soirée fêtant notre retour, pour répondre à toutes les questions que les gens se posaient. La soirée était prévue pour le début de la semaine. Isabelle nous a demandé de le visionner ensemble, ce que nous avons fait. Les rires ont fusé lorsqu'est apparue la séquence où Lucas, couvert de savon, imitait les jeunes dans les douches. Lucas lui a donné son accord pour la diffuser lors de la soirée, et nous l'avons tous remerciée pour ce beau cadeau, surtout qu'elle avait préparé un exemplaire pour chacun de ceux qui étaient avec nous.

Nous nous sommes remis à nous entraîner tous ensemble sur le terrain extérieur pour travailler nos tactiques et l'organisation pour la nouvelle saison, sachant que Clara et moi finirions nos études aux États-Unis. À la surprise générale, nous avons demandé à Marco de ne rien dire à nos parents.

Après être revenus de notre entraînement, Lucas avait prévenu nos parents qu'il nous invitait au restaurant. Le soir, lors du repas, Lucas et Clara les ont informés qu'ils repartiraient bientôt de nouveau pour faire leurs études aux États-Unis. Grosse surprise pour tous et quelques larmes dans les yeux de nos mamans. Julie nous a demandé si nous avions la certitude d'être acceptés là-bas. Lucas lui a répondu avoir signé un protocole avec l'équipe réserve des Lakers, grâce à un rendez-vous avec John, et que Clara avait fait de même.

Marie prit la parole en demandant comment ils avaient programmé leur financement. À ma grande surprise, Lucas sortit de sa poche un chèque de 21 550 dollars qu'il avait gagné au match.

— Ça couvrira mes frais ainsi que ceux de Clara, dit-il.

Clara, choquée, refusa immédiatement. Je ne peux pas accepter, Lucas.

Lucas, visiblement énervé, lui répondit :

— Je partage tout avec toi, alors pourquoi pas aussi le financement ?

Clara bondit comme un cabri et embrassa tendrement Lucas, qui devint tout rouge en se débattant. Tout le monde éclata de rire.

Le dessert arriva et chacun rentra chez soi. Michel, qui partait seul, fut rattrapé par Clara. Le regardant, elle lui dit :

— Comme j'ai vu, ainsi que Lucas, que tu tenais en cachette la main de ma maman comme un collégien, je voulais te dire que je suis très contente que tu la rendre heureuse. Mais j'ai une seule condition : que cela soit sérieux et que vous officialisiez cela avant notre départ. Ainsi, je me sentirai plus rassurée.

Michel prit Clara dans ses bras, à la grande surprise de Marie, et lui dit :

— Toi, ma grande, tu es une drôle de jeune femme et je te remercie pour ta confiance.

Mais je vais t'avouer que je suis vraiment tombé amoureux de ta maman.

Merci, merci, merci, répétait-il en sautant. Marie, se demandant ce qui se passait, s'approcha en courant. À sa surprise, Michel l'attrapa et l'embrassa tendrement. Marie, ne comprenant pas immédiatement, fit ensuite un grand sourire à Clara qui vint les enlacer tous les deux.

— Clara lui dit : Surtout maman, ne change pas

tes habitudes. Que Michel rentre à lamaison avec nous.Marie acquiesça, émue, tandis que Michel, encore sous le choc de cette annonce, souriait de toutes ses dents. Cette soirée marquait le début d'une nouvelle ère pour eux tous, remplie de promesses et d'espoir.

Chapitre 9 : Le Retour des Champions

Lucas et Clara avaient passé trente mois en immersion totale à Los Angeles, États-Unis, dans le but de devenir des entraîneurs nationaux en France. Âgés de 24 ans, ils étaient déterminés à s'investir pleinement dans leur carrière sportive. Clara avait étudié les sciences, obtenant une licence, un master et d'autres diplômes, tandis que Lucas s'était spécialisé dans l'art et l'éducation sportive des jeunes. Leur séjour à Los Angeles avait été une période de croissance personnelle et professionnelle. Pendant cette période, Lucas avait rencontré Prune, passionnée de basket. Clara profitait du dernier jour pour peaufiner ses stratégies avec Alan joueur NBA

De retour en France, Lucas et Clara se rendirent immédiatement dans leur club municipal. Là, ils retrouvèrent Marco, leur ami et entraîneur, » marié avec la maman de Lucas, et Marie la maman de Clara, qui commence à reprendre sur elle, anéantie par le décès de son ami, le frère de Marco. Quel fut la joie de retrouvé leurs jeunes gens, qui était en train de mener leur équipe vers la fin de la saison sportive en basket-ball. Marco espérait faire monter son équipe en Nationale 4. Bien que dans le doute, Lucas et Clara avaient toujours renouvelé leur licence, ce qui leur permettait de jouer si nécessaire. Marco, fou de joie à leur retour, demanda à la fédération régionale l'autorisation de les faire jouer en mixte. La fédération, les connaissant bien, accepta. Lucas et Clara s'entraînèrent avec toute la joie retrouvée dans le club. Prune, basketteuse également, s'entraînait avec eux. Quelques mois passèrent, et le fameux match pour la montée en N4 approchait à grands pas.

Le jour du match, l'excitation était palpable. Les tribunes étaient pleines de supporters venus encourager leur équipe. Marco fit un discours inspirant avant le début du match.

— Écoutez-moi bien, équipe, dit Marco, debout devant ses joueurs. Ce soir, nous avonsune chance unique de montrer ce dont nous sommes capables. Lucas et Clara sont de retour, et leur expérience sera un atout majeur pour nous. Jouons avec cœur, jouons pour la victoire.

Lucas, enfilant son maillot, se tourna vers Clara.

— prête à montrer ce que nous avons appris à Los Angeles ?

— Plus que prête, répondit Clara en souriant. On vtout donner. Le match commença, et dès les premières minutes, il était clair que ce serait une rencontre serrée. Les équipes étaient au coude à coude, aucune ne voulant céder un pouce de terrain. Les encouragements des supporters résonnaient dans tout le gymnase.

À la mi-temps, le score était de 45-45. Marco rassembla son équipe pour une dernière stratégie.

Nous avons fait un excellent travail jusqu'ici, dit-il. Lucas, Clara, vous êtes notre atout pour cette seconde mi-temps. Prune, sois prête à entrer en jeu. Ensemble, nous allons y arriver.

La deuxième mi-temps reprit avec une intensité encore plus grande. Lucas et Clara prirent les commandes, montrant leur maîtrise du jeu et inspirant leurs coéquipiers. À cinq minutes de la fin, Marco fit entrer Prune sous les applaudissements de tout le publique.

— Allez-y, montrez ce dont vous êtes capables !

les encouragea-t-il..Prune faisait une entrée remarquée, apportant une énergie nouvelle à l'équipe. À chaque panier marqué, l'enthousiasme grandissait. Avec une minute restant au chronomètre, le score était de 78-78.

Lucas, recevant le ballon, fit une passe décisive à Prune, qui marqua un panier crucial. La foule éclata en acclamations. Il restait dix secondes au chronomètre. L'équipe adverse tenta une dernière attaque, mais Clara intercepta le ballon, le passant à Lucas qui smatch digne d'un joueur professionnel de NBA. Le ballon traversa le filet juste avant le buzzer final.

Le score final : 80-78. L'équipe avait gagné. Les joueurs s'embrassèrent, des larmes de joie coulant sur leurs visages. Marco, les yeux brillants, se précipita vers eux.

— Vous l'avez fait! Nous sommes en Nationale 4

cria-t-il, enlaçant Lucas et Clara.

— Lucas leva les bras en signe de victoire.

C'estgrâce à tout le monde. Nous avons travaillé

dur et ça a payé. Clara, émue, ajouta :

— C'est une victoire d'équipe. Merci à chacun de

vous. Prune et les joueurs du banc, rejoignirent le

groupe, leur bonheur reflété dans leurs sourires. Leurs regards se croisèrent, pleins de gratitude et de fierté. Ils savaient que cette victoire n'était que le début d'une nouvelle aventure, un nouvel horizon où leur passion commune pour le basket et leur engagement les mèneraient encore plus loin.

La célébration se poursuivit toute la nuit, marquant le début d'une nouvelle ère pour le club et ses joueurs. Lucas, Clara, ensemble, étaient prêts à affronter les défis futurs et à conquérir de nouveaux sommets.

4oLe lendemain matin, dans le journal local, la première page était consacrée entièrement avec la photo de l'équipe de Marco, dont la composition a été renforcée avec le retour de Clara et Lucas, et une joueuse américaine Prune a fait sensation avec son interception

Le maire était particulièrement heureux ce jour-là. Il avait l'honneur de célébrer trois mariages, dont deux pour une même famille et un individuel. La mairie était décorée avec goût, et une ambiance festive régnait dans l'air.

Les Préparatifs

La cérémonie commença avec le mariage de Marco et Julie. Clara et Lucas, en tant que témoins, se tenaient fièrement à leurs côtés. Marco, dans son costume impeccable, et Julie, rayonnante dans sa robe blanche, échangeaient des regards amoureux et complices.

— Julie, Marco, commença le maire, c'est avec une grande joie que nous célébrons aujourd'hui votre union. Vous avez traversé tant d'épreuves ensemble et vous avez toujours su rester soudés.

Les vœux échangés, les alliances passées, et sous les applaudissements des invités, Marco et Julie scellèrent leur union par un baiser.

Ensuite, ce fut au tour de Marie et Michel. Clara et Lucas reprirent leurs places de témoins, cette fois pour Marie et Michel. Michel, visiblement ému, tenait la main de Marie avec tendresse.

— Marie, Michel, dit le maire, votre histoire est une preuve que l'amour peut naître à tout moment et transformer nos vies. Que cette journée marque le début d'une nouvelle aventure pour vous.

Les alliances échangées, Marie et Michel partagèrent un baiser sous les applaudissements chaleureux de l'assemblée.

Alors que les invités pensaient que la cérémonie touchait à sa fin, le maire prit la parole de nouveau.

— Je vous demande de rester encore un moment, car nous avons une dernière surprise.

Nous allons célébrer un troisième mariage aujourd'hui.

Les murmures parcoururent l'assistance. La musique de mariage, douce et élégante, commença à jouer. Du fond de la mairie, un jeune couple apparut. Les invités, ainsi que les deux couples fraîchement mariés, regardèrent avec curiosité. À leur grande surprise, ils virent que c'était Lucas, Clara, et Prune, l'amie américaine de Lucas, qui avançaient en tenant la traine.

Lucas et Clara, main dans la main, lui en costume « Ted Lapidus » et pour Clara une robe de mariée d'un blanc immaculée avec une traine en dentelle sur

toute la longueur « Robe de Ritchie » offerte par les Lakers, suivis de Prune qui tenait toujours la traine. La surprise fut totale.

— Lucas et Clara, annonça le maire, ont décidés

de celler leur amour aujourd'hui, entourés de leurs Maman et leurs proches. Pour Clara, ses témoins seront Julie et Marco, et pour Lucas, ce seront Marie et Michel.

Clara, vêtue d'une robe élégante et simple, souriait radieusement. Lucas, dans son costume, regardait Clara avec des yeux pleins d'amour.

— Clara, Lucas, dit le maire, vous avez parcouru

un long chemin ensemble. Aujourd'hui, vous choisissez de continuer ce voyage en tant qu'époux. Que cet engagement soit le fondement d'une vie remplie de bonheur et de complicité.

Les alliances échangées, Clara et Lucas s'embrassèrent sous les acclamations des invités.

La Réception.

La journée se termina par un grand repas de 180 personnes et 400 apéritifs, représentant une grande partie des adultes du village. La salle était magnifiquement décorée, et une ambiance chaleureuse et festive régnait. Prune, en véritable DJ professionnelle américaine, avait préparé la musique et les jeux pour la soirée.

— À tous les mariés ! s'exclama Prune, levant

Son verre. Que ces unions soient bénies et que l'amour continue de fleurir.

La musique démarra et tout le monde se mit à danser. Les rires et les chants remplirent la salle, créant des souvenirs inoubliables. La soirée fut une véritable réussite, une célébration de l'amour et de l'amitié.

Ainsi se termine cette belle histoire.

Épilogue.

Quelques mois après cette journée mémorable, la petite ville continuait de vibrer de cette joie collective. Lucas et Clara avaient terminé leurs études aux États-Unis et étaient revenus avec une énergie nouvelle et des projets plein la tête. Marco et Julie vivaient une vie paisible et heureuse, tout comme Marie et Michel.

Clara et Lucas avaient ouvert une académie de sport pour les jeunes, inspirant et formant la prochaine génération d'athlètes. Prune, ayant été séduite par la ville et l'amitié de Clara et Lucas décida de rester en France et devint une DJ renommée, animant des événements dans tout le pays.

La ville, fière de ses enfants, continuait de prospérer, portée par les valeurs de solidarité, d'amour et de travail acharné. Et chaque année, lors de l'anniversaire de ce triple mariage, les familles se réunissaient pour célébrer non seulement les unions, mais aussi la force et la beauté des liens tissés au fil des années.

Ainsi, l'histoire de Lucas, Clara, et leurs proches restait une source d'inspiration pour tous, prouvant que l'amour et la détermination peuvent transformer des vies et bâtir un avenir radieux.